Deseo

D1470045

ZACH

Rico, sexy y soltero

JULES BENNETT

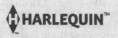

Editado por Harlequin Ibérica.
Una división de HarperCollins Ibérica, S.A.
Núñez de Balboa, 56
28001 Madrid

I.S.B.N.: 978-84-687-7993-5
Depósito legal: M-34324-2015
Impresión en CPI (Barcelona)
Fecha impresion para Argentina: 18.7.16
Distribuidor exclusivo para España: LOGISTA
Distribuidores para México: CODIPLYRSA y Despacho Flores
Distribuidores para Argentina: Interior, DGP, S.A. Alvarado 2118.
Cap. Fed./Buenos Aires y Gran Buenos Aires, VACCARO HNOS.

Capítulo Uno

–Esto es algo que siempre me gusta ver: el jefe de obras vigilando a sus trabajadores.

–La jefa de obras –Anastasia Clark contemplaba el trabajo de los hombres mientras procuraba no mirar al hombre de anchas espaldas que se le había acercado sigilosamente–. No es la primera vez que te equivocas. Cualquiera diría que lo haces a propósito.

–Es que lo hago a propósito.

Ana se arriesgó a mirarlo. Zach Marcum seguía siendo tan sexy como la última vez que lo había visto en la oficina de Victor Lawson, cerca de dos años atrás. Maldijo para sus adentros. ¿Por qué tenía que encontrarlo tan atractivo?

–Vayamos a tu oficina –le dijo él, mirándola por encima de sus gafas de sol–. Tenemos que hablar de algunas cosas.

Ana se abrazó a su tablilla sujetapapeles mientras se volvía del todo para mirarlo.

–¿No podemos hablar aquí?

No podía leer su expresión detrás de aquellas gafas de espejo que llevaba, pero casi se alegraba de no tener que mirarlo a los ojos. Aquellos ojos oscuros y enigmáticos podían dejar a una mujer literalmente sin habla. A cualquier otra mujer, no a ella.

–No. Aquí hace demasiado calor –sonrió.

Y girando en redondo sobre sus botas de trabajo, se dirigió hacia el pequeño remolque de Ana como dando por supuesto que no podía hacer otra cosa que seguirlo. Era igual que su padre. Pero que le pareciera uno de los hombres más atractivos que había visto en su vida no significaba que tuviera que transigir con su arrogante actitud.

Nunca en toda su vida había tenido que lidiar con un arquitecto tan arrogante… ni tan guapo. Tuvo que borrar ese último pensamiento de su mente si no quería añadir más preocupaciones a su trabajo, aparte de la lluvia de Miami, que se empecinaba en caer todos los días a primera hora de la tarde. Si Victor Lawson, el famoso multimillonario hotelero, no hubiera estado detrás del proyecto de construcción de aquel gran centro turístico, Ana habría declinado el ofrecimiento de Zach Marcum sin dudarlo. Tenía trabajo suficiente y no le faltaba el dinero, sobre todo teniendo en cuenta que no se lo gastaba en cosas frívolas. Cada dólar que no servía para pagar facturas, entre las que se contaban las pérdidas de juego de su padre, se transformaba en ahorros, tanto para ella como para su madre, Lorraine.

Pero la entrevista que tuvo con Victor y con la agencia Marcum la obligó a enfrentarse con la realidad. Aquel proyecto podría asentar su reputación en un territorio interesante. El hermano gemelo de Zach, Cole, y su prometida, Tamera, eran los arquitectos diseñadores y además gente estupenda. Al parecer la pareja se había reconciliado gracias a que Victor Lawson había contratado al mismo tiempo a la agencia Marcum y al estudio de arquitectura de Tamera.

Ana todavía no conocía a la hermana pequeña de los gemelos Marcum, Kayla, pero hasta el momento solo había oído maravillas sobre ella. Con lo cual solo quedaba Zach. Siempre tenía que haber uno en cada familia: la estrella de cada show, el que acaparara toda la atención, lo mereciera o no. Zach era una especie de réplica del padre de Ana: o al menos del hombre que había sido an-tes de que se diera al juego y lo perdiera todo. Un hombre guapo al que le sobraba el dinero y que gustaba de derrochar tan-to como sus encantos, convencido de que las mujeres ca-erían rendidas a sus pies.

Pero si Zach pensaba que lo mismo le sucedería a ella iba listo. Ana era una profesional y siempre lo había sido. Y no estaba dispuesta a dejar que Zach y su ego le arrui-naran la vida o el proyecto más importante de toda su ca-rrera. Además de que no se trataba solamente de ella. Te-nía detrás todo un equipo de hombres y mujeres con familias a su cargo. Por no hablar de su padre, que ya la había llamado para pedirle otros diez mil. Si su madre se decidiera a romper de una vez con él, Ana podría mante-nerla, hacerse cargo de todos sus gastos. Y todo el dinero que Lorraine generalmente empleaba en financiar el vicio de su marido podría por fin ser utilizado, por ejemplo, en la compra de la casa que tanto soñaba con tener.

Girando sobre sus talones, siguió resignada a Zach a la oficina instalada en el remolque. Él ya había entrado y se había puesto cómodo, tomando asiento en una vieja si-lla de vinilo amarillo, frente al escritorio.

–¿Qué pasa? –inquirió ella antes de cerrar la puerta a su espalda para no desperdiciar el aire acondicionado.

Zach se quitó las gafas de sol y las dejó sobre la mesa

cubierta de planos. Y a continuación tuvo el descaro de quedársela mirando con los párpados entornados, como esperando que fuera a encenderse o a derretirse de deseo. Ana pensó que el calor infernal de Miami debía de haberla afectado bastante, porque, efectivamente casi se derritió.

–Dime una cosa. ¿Qué te he hecho yo?

–¿Perdón? –dio un leve respingo, sorprendida por la brusca pregunta.

Zach se puso las manos en la cintura.

–Siempre se me ha dado bien juzgar a la gente. Algo lógico tratándose del más callado de la familia, siempre sentado al fondo observándolo todo… Y lo que observo en tu actitud es que no me tienes en mucho aprecio.

A punto de desternillarse de risa, Ana apoyó una cadera en una esquina del escritorio.

–Zach, apenas te conozco. No tengo ningún problema ni contigo ni con nuestra relación de trabajo.

Él se le acercó entonces, frunciendo las cejas como si la estuviera evaluando, poniéndola a prueba.

–No, esto no tiene nada que ver con nuestra relación de trabajo. Tu compañía es una de las más profesionales con las que he trabajado. Se trata de ti. Hay algo en la manera que tienes de tensar la espalda, de alzar la barbilla cada vez que me ves. Es algo muy sutil. Una cuestión de actitud, que sospecho intentas compensar insistiendo en el aspecto laboral de nuestra relación.

–¿Actitud? –repitió ella–. No entremos por favor en actitudes o valoraciones personales. ¿Es eso lo que has venido a decirme?

–¿Dónde está el resto de tu equipo?

Ana no se retorció las manos de puro nerviosa, como

habría querido hacer. No le dejaría saber que estaba tan intranquila.

–Llegará a lo largo de esta semana –lo miró directamente a los ojos, aunque el esfuerzo le costó que se le disparara el pulso–. Estamos terminando otro proyecto en Seattle y allí las lluvias nos han ocasionado un retraso de un mes. La madre naturaleza no entiende de plazos.

Zach cerró la distancia que los separaba y apoyó las manos en el borde del escritorio, muy cerca de su cadera.

–¿Estás poniendo en peligro un contrato multimillonario solo por un problema meteorológico?

Esa vez se levantó para erguirse todo lo alta que era, pese a que él seguía sacándole unos cuantos centímetros.

–Puedo enfrentarme a cualquier problema, señor Marcum, y me atendré al presupuesto y a los plazos establecidos.

Una sonrisa iluminó los duros y atractivos rasgos de su rostro.

–Vuelvo a detectar un cambio de actitud. Te has enfadado y me has llamado «señor Marcum», cuando hace solo un momento seguía siendo «Zach».

Millonario o no, Zach tenía una faceta de chico ma-lo que hacía que le entraran ganas de ponerse a gritar. ¿Por qué tenía que encontrarlo tan atractivo? Y, lo que era más importante: ¿por qué tenía que ser él tan consciente de ello? ¿Por qué lo encontraba tan atractivo y tan irritante al mismo tiempo?

–Yo prefiero que me llames Zach –continuó con aquella arrogante sonrisa suya–. Hasta que terminemos este proyecto, vamos a tener que vernos tanto que casi será como si nos hubiésemos casado.

Ana se apartó un mechón de pelo de la sudorosa frente al tiempo que exhibía su más dulce y sarcástica sonrisa.

–Pues qué suerte la mía…

–Sabía que te convencería –se burló–. El cemento llegará el lunes. Tu equipo estará disponible para entonces, supongo…

Ana asintió, mordiéndose la lengua. Aunque Zach era un buen profesional, su personalidad la sacaba de quicio. Pese a ello, y eso no podía dejárselo saber por ningún concepto, se habría ahogado literalmente en su encanto. Pero se negaba, se negaba radicalmente a dejarle saber los estragos que su presencia hacía en su lado femenino y no profesional.

Qué fácil le habría resultado enamorarse de aquella imagen de chico malo y sexy que tan bien sabía proyectar… sabiendo que debajo de aquellos gastados tejanos y aquella ajustada camiseta negra acechaba un ejecutivo multimillonario.

–Estás sudando.

–¿Qué? –volvió a dar un respingo.

–Si no bebes agua ahora mismo, te desmayarás por el calor –se acercó a la pequeña nevera que tenía al lado del escritorio y sacó una botella de agua–. Anda, bebe. No puedo consentir que mi jefa de obras quede fuera de servicio antes de que levantemos la primera viga.

Le quitó la botella de las manos y la destapó, sabiendo que tenía razón.

–Gracias.

–Así está mejor –comentó él, todavía estudiando su rostro–. Con este calor, necesitas hidratarte constantemente.

–Tengo una nevera a mi disposición y a la de mi equipo. No es mi primer trabajo, ¿sabes? Además, por muchas ganas que tenga de quedarme aquí sentada bebiendo agua junto al aparato de aire acondicionado, tengo que volver al trabajo. ¿Hay algo más que desees de mí?

La arrogante sonrisa desapareció al tiempo que se encogía de hombros.

–Mis deseos son incontables, pero me conformaré de momento con que te mantengas hidratada.

Ana pensó que iba a tener que medir mucho sus palabras con aquel hombre. Aunque tenía la sospecha de que siempre acabaría por encontrarles un doble sentido. Cerró la botella de agua y se dirigió hacia la puerta. La abrió y se hizo a un lado, indicándole que saliera primero.

–Hasta mañana –se despidió él mientras montaba en su espectacular motocicleta, que a buen seguro costaría más que el salario anual de varios de sus trabajadores. Ana pensó en encargar más agua mineral. Entre el insoportable calor de Miami y el espectáculo que ofrecía aquel hombre, iba a tener verdadera necesidad de mantenerse hidratada.

Pero rápidamente se recordó que su padre también había tenido, y seguía teniendo, todo el encanto del mundo. Él también había estado una vez en la cumbre del éxito, con su propio negocio del ramo de la construcción. Sin embargo, el vicio del juego y su afición a las aventuras habían terminado por resquebrajar la imagen de héroe que Ana se había hecho de él desde pequeña.

Regresó a la obra, aunque volvió a experimentar un cosquilleo por todo el cuerpo cuando oyó el rugido de la moto de Zach alejándose a toda velocidad. Aquel hombre parecía tener el poder de afectarla hasta cuando no lo veía.

Por lo que se refería a Anastasia Clark, era incapaz de mantener separados los negocios del placer. ¿Pero cómo mantener las distancias? Al fin y al cabo, él era el arquitecto director del proyecto. Tenía múltiples razones para dejarse caer por el tajo, y eso que las obras apenas iban por su segunda semana.

Por cierto que, si el resto del equipo de Ana no se presentaba en el tajo para finales de aquella misma semana, todavía tendría que verla más, y no precisamente por gusto. Dejando a un lado los aspectos personales, aquel proyecto tenía que salir perfecto, ajustado al presupuesto y dentro de los plazos.

Ese día, sin embargo, se alegraba de haberse pasado por las obras de camino a la oficina. Aquella maldita mujer lo tenía al borde del ataque cardiaco. Se echó a reír. Estaba claro que Ana no iba a caer rendida a sus pies, como solía suceder con la mayoría de las mujeres. No: por el poco trato que había tenido con ella, sabía que era independiente, tozuda y una celosa defensora de su intimidad. Y sin embargo percibía al mismo tiempo en ella cierta vulnerabilidad, algo que le recordaba a su hermana pequeña.

Sabía que a Ana no le habría gustado nada saber que había puesto la mira en aquel rasgo concreto de su personalidad, pero entendía bien a las mujeres como ella. Él mismo era un consumado maestro en el arte de disimular los sentimientos. ¿Acaso no seguía aún confuso, dolido e intrigado por su exmujer? ¿Una mujer que se había escabullido de su vida con la misma facilidad con la que había entrado en ella, y que recientemente había reaparecido para querer volver? Toda aquella situación no podía resultar más patética. Tal vez ella quisiera volver, pero Zach se negaba a colocarse nuevamente en su cola de admiradores. A veces en la vida las segundas oportunidades eran necesarias, pero su exesposa no tendría ninguna a la hora de recuperar su corazón. No después de haberse marchado con un tipo al que antaño él había tenido por amigo, dejando detrás nada más que una patética nota.

Volviendo a asuntos mucho más placenteros, a Zach no le había pasado desapercibido el hecho de que Ana había estado a punto de entrar en combustión cuando él le había acariciado la ruborizada mejilla. Lo cual era precisamente un aspecto más que le intrigaba de ella. Había trabajado antes con mujeres, pero a ninguna le habían sentado tan bien las camisetas blancas de tirantes y los tejanos gastados y desteñidos. Quizá la culpa la tuviera aquella melena cobriza que Ana se empeñaba en recogerse descuidadamente en lo alto de la cabeza. O la manera tácita que tenía de desafiarlo tanto en el plano profesional como en el personal.

Sí, aquella mujer lo atraía. Decididamente. La pasión que sin duda escondía sería de lo más divertido y entretenido si conseguía llegar hasta el fondo. Constituiría otra perfecta distracción, una más de las que había tenido últimamente, que le ayudaría a quitarse de la cabeza a Melanie, su ex.

Aparcó la moto en su lugar reservado del aparcamiento de la agencia Marcum, advirtiendo en seguida que el de Cole estaba vacío. Ahora que su hermano gemelo estaba comprometido con su antigua novia de la universidad, Tamera Stevens, cada vez lo veía menos. Se alegraba por ellos, siempre y cuando los tortolitos no intentaran jugar a los casamenteros con él. Cada vez que alguien descubría el amor, parecía dar por supuesto que el resto de sus amigos y conocidos lo estaban buscando también, cuando para Zach se trataba precisamente de lo contrario.

Se dirigió a su despacho y saludó a su secretaria, Becky. Nada más cerrar la puerta, se quedó nuevamente a solas con sus pensamientos que, una vez más, volvieron a girar en torno a la señorita Clark y a su melena pelirroja. Aquella mujer tenía un temperamento enérgico que casaba bien con el color de su cabello. Lo cierto era que tanto en genio como en actitud rivalizaba con su exesposa. Quizá fuera por eso por lo que no podía dejar de pensar en ella y por lo que se había sentido tan atraído desde un principio.

¿Era culpa de Ana que le recordara tanto a la mujer que lo había abandonado antes de que hubiera llegado a secarse la tinta de su licencia de su matrimonio? No, pero sí que era culpa suya que no pudiera quitársela de la cabeza. Si no fuera tan condenadamente misteriosa, no supondría mayor problema. Aquella mujer le irritaba. Y lo que le irritaba aún más era que una misma persona pudiera recordarle tanto a su hermana, a la que amaba con todo su corazón, como a la mujer que había acabado por rompérselo en pedazos.

Además, Ana tenía una excelente reputación profesional y Zach nunca había tenido la menor queja ni de su ética laboral ni de sus resultados. Su compañía constructora era puntera a nivel nacional y él sabía que había tomado la decisión correcta al contratarla, aunque era el proyecto más ambicioso al que se había enfrentado nunca, Cole y él estaban seguros de que lo sacaría adelante. Ana había fundado y levantado su empresa a pulso, poco a poco. Y Zach no podía evitar admirar aquella actitud, teniendo en cuenta que tanto Cole como Kayla y él mismo habían alcanzado también el éxito a fuerza de pura voluntad.

Aquella mujer lo había trastornado por completo. No sabía si lo que quería era perseguirla o evitarla como si fuera una plaga. En cualquier caso, disponía de un año o más para averiguarlo. Nunca se había tomado tanto tiempo para llegar a conocer a una mujer: la química o existía o no existía. En aquel caso, sin embargo, existía sin lugar a dudas.

–Zach.

La voz de su secretaria interrumpió sus pensamientos. Pulsó el botón del intercomunicador.

–¿Sí, Becky?

–La señorita Clark por la línea uno.

–Pásamela –levantó el auricular y pulsó el botón–. Anastasia.

–Zach, tenemos problemas.

Capítulo Dos

–¿Qué pasa? –se irguió en su sillón.

–Una tormenta tropical se dirige hacia Miami.

–No me había enterado –reconoció Zack mientras sus dedos se movían rápidamente por el teclado del ordenador a la busca de un mapa del tiempo–. ¿Está cerca?

–Disponemos de unos cuantos días antes de que nos alcance –le explicó ella–. Todavía existe la posibilidad de que cambie de rumbo o desaparezca, pero quería saber tu opinión. Para serte sincera, carezco de experiencia en tormentas tropicales como buena oriunda del Medio Oeste.

Zach soltó un suspiro de alivio una vez que localizó la mancha verde en el mapa del radar.

–Son bastante comunes, pero desde luego no podemos permitirnos perder más tiempo. La buena noticia es que, al no tener levantada la estructura, los daños serían mínimos.

–Espero que no tengamos muchas más.

–Estaré al tanto –cerró la pantalla–. Por ahora, pues, sigamos con lo planeado.

Ana pareció vacilar al otro lado de la línea.

–Umm… eso suena bien, gracias.

Aquella vacilación, unida a lo tembloroso de su respuesta, lo dejó intrigado. Había desaparecido la Ana firme, decidida. «Interesante», pensó.

Colgó justo cuando su hermano entraba en el despacho. Sonriéndose, se recostó en el sillón y cruzó las piernas.

–Me alegro de verte por aquí.

Cole evidentemente no podía aguantarse la sonrisa de oreja a oreja.

–Siento haberte dejado solo con el proyecto, pero Tam necesitaba un descanso después de la muerte de su padre.

La esposa de Cole, Tamera, había perdido a su padre de un cáncer de pulmón apenas un mes atrás. Como Cole y Tamera se habían reunido recientemente, habían disfrutado de unas bien merecidas vacaciones en Aruba tras su trabajo como diseñadores del proyecto del centro turístico de Miami.

–Lo entiendo. ¿Cómo está?

Con un suspiro, Cole se dejó caer en el sillón de cuero frente al escritorio de Zach.

–Va tirando. Sinceramente pienso que el descubrimiento de que su padre estuvo detrás de nuestra ruptura hace once años ha sido un golpe casi tan fuerte como el de la propia muerte de Walter.

El difunto padre de Tamera había frustrado el futuro de la pareja interponiéndose entre ellos cuando estudiaban en la universidad. Pero la amable mano del destino los había reunido después de una década larga de separación. Walter no había querido que Cole se casara con su hija. No había querido como yerno a un joven como él, en delicada situación económica, debido a la necesidad que había tenido, al igual que el resto de sus hermanos, de mantener a la familia tras la muerte de sus padres.

Zach sabía que los dos se habían querido mucho y que

aquella ruptura le había causado a Cole una crisis nerviosa. Pero su hermano se había esforzado tanto como él y
juntos habían fundado una empresa propia, nada más terminar los estudios. Cole nunca había vuelto a ser el mismo
desde aquella ruptura. Pero ahora que había recuperado a
Tamera, todo había vuelto a cambiar radicalmente. Sí, quizá el amor fuera algo real para alguna gente, reconoció
Zach para sus adentros. Pero para muy poca. Poquísima.

–Hacéis una buena pareja –observó Zach–. Ella es
fuerte y tú la estás ayudando. Lo superará.

Cole asintió antes de señalar los planos que estaban
extendidos sobre su mesa.

–¿Qué tal van las obras?

–Sin problemas hasta el momento –bajó la mirada al
diseño–. Me siento como un niño esperando recibir su regalo de Navidad. Me muero de ganas de verlo terminado.

–Todos nos sentimos igual –de repente Cole arqueó
una ceja–. ¿Quieres contarme lo que te preocupa?

Zach maldijo para sus adentros. Odiaba aquella «intuición de los gemelos» que ambos compartían.

–Ella no debería ser tan… fascinante –confesó bruscamente–. ¿Cómo es que se me ha metido de esa manera
en la cabeza? Y, lo que es más importante: ¿por qué se lo
consiento?

–¿Estamos hablando de la jefa de obras? –rio Cole entre dientes–. ¿De Anastasia?

–Sí –suspiró Zach.

–Es atractiva. Pero no es tu tipo habitual. ¿Cómo es
que de repente te has obsesionado tanto con ella?

–No tengo la menor idea.

–Quizá sea inmune a tus encantos, y por eso te tiene

tan preocupado –sonrió al ver el ceño de Zach–. Bueno, no era más que una sugerencia… O quizá te sientes atraído porque es fuerte y testaruda. Como Melanie.

Cole rara vez mencionaba el nombre de Melanie. Y aunque sabía que se había acercado bastante a la verdad, Zach se negó a responder. Su silencio resultó de por sí suficientemente elocuente.

–En serio –Cole se inclinó hacia delante, con los codos sobre las rodillas–. Quizá sea ella la única que finalmente esté consiguiendo hacer que olvides a tu exesposa. Dudo que Ana sea la típica tonta cazafortunas que tanto has estado frecuentando últimamente.

Cierto, Ana lo había tratado como si fuera un igual, en lugar de cederle constantemente la iniciativa en las conversaciones. Quizá el hecho de haber trabajado durante tantos años rodeada de hombres había templado su personalidad con una dureza especial. Y, ¿por qué diablos estaba empleando tanto tiempo en diseccionar a alguien que trabajaba para él? Lo único que quería era un pequeño contacto personal a solas…

–No negaré que es condenadamente sexy –admitió Zach–. Pero también es todo profesionalidad y dedicación.

–Y tienes una problema con eso, ¿verdad? –se burló Cole.

–Solo cuando detrás se esconde una mujer tan frustrante como impresionante con la que tendré que trabajar durante el próximo año –Zach se quedó mirando fijamente a su hermano–. Solo necesito empezar a verla como si fuera un trabajador más y olvidarme de que es una mujer preciosa que debería lucir joyas y vestidos elegantes en lugar de un casco de obra y un cinturón de herramientas.

Cole se inclinó hacia delante, plantando las manos en el cristal de la mesa.

–¿Por qué no ofrecerle la oportunidad de que sea esa mujer de los vestidos y de los diamantes? Quiero decir que… si no puedes sacarte esa imagen de la cabeza, quizá exista una razón para ello.

Zach estuvo a punto de reírse de la ocurrencia.

–Estás enamorado y eso te ofusca el pensamiento. Ana me escupiría en un ojo si se me ocurriera invitarla a cenar.

–Parece como si te asustara la posibilidad.

–Yo no tengo miedo de nada.

–Demuéstralo. Llévala a la fiesta que Victor ha convocado la semana que viene. Considéralo una cita de negocios, si así te sientes mejor.

–¿Pero por qué diablos estoy hablando de todo esto contigo? –de repente se echó a reír–. Ella no es mi tipo, así que no debería importarme su aspecto en un ambiente formal de esa clase. Me interesa más su aspecto en un escenario mucho más íntimo.

Cole lo miraba sin dejar de sonreír.

–Si estás hablando de esto conmigo, es porque no te puedes quitar a esa mujer de la cabeza. Si piensas que no tienes ninguna oportunidad con ella, entonces deja de preocuparte. Probablemente ella tampoco esté interesada en ti. Y ambos sabemos que eso es exactamente lo que se necesita para estimular una relación.

¿Que no estaba interesada? Eso no era posible. Había visto la manera en que se le aceleraba el pulso, en que había contenido el aliento cuando le acarició una mejilla. No, Ana estaba definitivamente interesada.

Y, ¿qué pretendía hacer él al respecto?

Patético. Absoluta y completamente patético. Zach se sorprendió a sí mismo, por segunda vez en aquel día, dirigiéndose a la misteriosa pelirroja que supervisaba los trabajos junto a dos de los miembros de su equipo. Dos hombres que parecían avasallarla con su estatura y con su cercanía. Los celos no eran un sentimiento nada agradable.

Era como si las burlonas palabras de Cole hubieran avivado el fuego abrasador que había experimentado desde un principio. Pero se negaba a creer que estuviera allí porque su hermano gemelo hubiera sembrado la duda en su alma sobre su capacidad para conseguir que Ana saliera con él.

Por alguna razón Ana ya le había demostrado su desdén, cuando él no había intentado absolutamente nada con ella. Evidentemente debía de haber tenido alguna amarga experiencia, probablemente con algún imbécil en la propia zona de obras, y ahora era cuando él pasaba a la acción, dispuesto a seducirla con el objetivo de que se acostaran juntos durante los próximos meses. La oportunidad no podía ser más adecuada, pensó.

–Zach.

Se detuvo en seco y renunció a acercarse a la sensual jefa de obras para concentrar su atención en Kayla. Su hermana acababa de bajar de su sedán color perla, tan hermosa como siempre. Con su melena oscura cuidadosamente recogida, un traje rosa brillante y elegantes tacones plateados, no podía contrastar más con aquella sucia y polvorienta obra.

–Te echaba de menos en la oficina –se le acercó, sonriendo, y miró luego a Ana por encima del hombro de su hermano–. Hola, creo que todavía no nos han presentado. Soy Kayla Marcum. Y tú debes de ser Anastasia Clark.

Zach ni siquiera había oído acercarse a Ana.

–Llámame Ana, sin más.

Las dos mujeres se sonrieron. Eran tan distintas, y sin embargo igual de bellas e impresionantes, cada una a su modo.

–¿Qué necesitabas? –le preguntó a su hermana.

No lejos de allí uno de los hombres soltó un largo silbido. El típico silbido agresivo admirativo. Zach no se volvió para buscar al culpable, pero advirtió que Ana se disculpaba para dirigirse a un grupo de obreros que estaba preparando el perímetro de la estructura a cementar.

–Lo siento –murmuró Zach.

Kayla se encogió de hombros.

–No es necesario que te disculpes.

–Me estoy disculpando por el género masculino en general. Eso ha sido una grosería.

Kayla volvió a mirar por encima de su hombro.

–Parece que Ana tiene la situación bajo control.

Zach se volvió, y se quedó sorprendido al ver a su jefa de obras encarándose con un joven obrero. No pudo escuchar las palabras, pero por la expresión del empleado no parecía una conversación demasiado agradable. Las mujeres dominantes le resultaban tremendamente atractivas, siempre y cuando él permaneciera al mando. Se concentró nuevamente en Kayla.

–¿Para qué me necesitabas?

–Oh, solo quería avisarte de que tengo que hacer otro

viaje. Me marcho ahora mismo. Tengo el avión esperando.

Lo miró con aquellos enormes ojos suyos, sonriente, y Zach sintió un nudo especialmente incómodo en el estómago. Siempre lo miraba de esa forma antes de pedirle un favor difícil de conceder. Ni siquiera deseaba saber a qué venía aquel brillo malicioso de su mirada, aunque tenía la sensación de que estaba a punto de averiguarlo.

—No —se adelantó antes de que ella pudiera hacerle cualquier pregunta o petición que rondara por su pequeña y preciosa cabecita. Ya lo había adivinado.

—Te enviaré por correo electrónico una lista detallada con todo lo necesario.

—No.

—Por favor…

—Si no lo haces tú, tendrá que hacerlo Cole —insistió con un delicioso mohín.

—Lo primero de todo, no soy yo quien va a casarse. Lo segundo, Cole nunca jamás le organizaría un homenaje a la novia. Una fiesta de chicas.

—Yo no te he pedido que lo hagas tú —suspiró, frustrada—. Solo necesito que te encargues de unos cuantos detalles de mi parte mientras estoy fuera. No será nada del otro mundo.

Zach simuló una expresión aburrida, se cruzó de brazos y esperó, no sabía muy bien qué. No quería colaborar en planificar una fiesta de chicas, aunque se tratara de su futura cuñada. Él diseñaba y supervisaba estructuras de acero. No elaboraba tarjetas de invitación de frufrú y las decoraba con campanitas.

—Está bien… —consintió al final, y el gritito de deleite

que soltó Kayla mientras daba un salto y lo abrazaba le arrancó una sonrisa–. Sabías que acabaría cediendo, ¿verdad? –rezongó.

–Es que siempre lo haces: te resistes un poco pero al final terminas aceptando –se apartó de él–. Cuando esté en el avión te enviaré mi hoja de cálculo.

Zach asimiló las palabras cuando su hermana ya se alejaba.

–¡Espera! ¿Hoja de cálculo, has dicho?

–Te veré dentro de una semana –gritó Kayla antes de sentarse al volante de su lujoso coche.

–Dios mío, Zach, lo siento tanto…

Zach se giró en redondo. Era Ana; su tono rezumaba frustración.

–Espero que no se haya marchado por culpa de Nate.

–¿Nate?

–Mi exempleado.

Zach sacudió la cabeza.

–Ah, no te preocupes. Se marcha al aeropuerto, tenía prisa. Espera un momento… ¿has dicho exempleado?

–Lo he despedido.

Se la quedó mirando atónito.

–No me mires así –replicó, volviéndose para dirigirse a la oficina del remolque–. No pienso consentir en la obra comportamientos tan poco profesionales.

Zack procuró alcanzarla.

–Teniendo en cuenta que esta también es mi obra, creo que yo también tengo algo que decir al respecto. Solamente ha silbado, Ana. Kayla no se ha dado por ofendida.

Ana subió los escalones del remolque, aferró el picaporte y se volvió para mirarlo.

–Eso lo habría podido tolerar. Pero cuando me dirigía hacia él, estaba de espaldas y dijo unas cuantas cosas sobre ella y sobre mí que preferiría no repetirte. No pienso aceptar comentarios ofensivos contra las mujeres que procedan de mis trabajadores. Y de ti tampoco, por cierto.

Impresionado por la seguridad de su tono, la siguió al interior del remolque.

–Bueno, yo tampoco estoy dispuesto a tolerar ese tipo de comportamientos. Pero te agradecería que en lo sucesivo consultes conmigo todas las cuestiones que afecten al desarrollo de las obras.

De espaldas a él, Ana se inclinó para abrir el cajón superior y se puso a rebuscar entre unos papeles. Zach no pudo menos que disfrutar de la vista.

–¿Hola? ¿Me estás escuchando?

Lo miró por encima del hombro.

–Te pido disculpas por no haberlo consultado antes contigo, Zach, pero me pareció que era lo mejor.

–Y no te equivocaste. Solo recuerda que los dos estamos casados con este proyecto y que, como buen matrimonio, las decisiones importantes tenemos que discutirlas en común.

–Es la segunda vez que comparas este proyecto con un matrimonio –observó ella, arqueando una ceja con expresión de curiosidad–. Tratándose de un soltero de fama mundial como tú, me sorprende que sepas algo de eso.

Zach maldijo para sus adentros. Tenía razón.

–No me endoses ese estereotipo, Ana. La gente no siempre es lo que parece o lo que dicen los demás que es.

–Tienes razón. A veces la gente es todavía peor –dejó sobre el escritorio la carpeta que había sacado y se acercó a él–. Por cierto que tú todavía no me has dado las gracias por haber defendido a tu hermana.

De repente Zach no supo qué deseaba hacer más: si aplaudirla por haberse solidarizado con su hermana, besarla hasta hacerle perder el sentido o estrangularla por haberlo sumido en aquel estado de confusión. Cualquier mujer capaz de hacerle frente en una discusión, o de igualar la pasión que ponía siempre en todo, seguramente podría hacer lo mismo en otros terrenos más fascinantes.

–Me sorprende que le hayas despedido sin la menor vacilación –observó.

–Eso es porque no me conoces en absoluto –volvió a mirar los papeles que tenía sobre el escritorio–. Si así fuera, sabrías que no soporto a los hombres que van exhibiendo por ahí su testosterona.

Aquella declaración confirmó sus sospechas iniciales. Algún imbécil le había dado motivos para sentirse amargada con todo el género masculino.

–Anastasia, dado que vamos a vernos prácticamente cada día durante meses, creo que es mejor que aclaremos algunas cosas –se interrumpió a la espera de que se decidiera a mirarlo–. Esa susceptibilidad tuya hacia mí tiene que desaparecer. No hay manera de que trabajemos juntos en esto y no terminemos implicándonos a nivel personal de alguna manera. Si tienes algo que decirme, suéltalo de una vez. Sé que has tenido una mala experiencia. Llevas el síndrome de la damisela amargada escrito en la cara.

Esperó a que lo corrigiera o se defendiera. Lo que no esperaba era que la muy osada esbozara una sonrisa. Un gesto que tuvo que sumar a la lista de cosas que admiraba en ella.

–¿Has terminado de analizarme? –le preguntó, ladeando la cabeza–. Puede que estés habituado a lucir esa sonrisa del millón de dólares con mujeres que luego caen rendidas a tus pies, pero no esperes que yo vaya a implicarme contigo en cualquier otro nivel que no sea el puramente profesional. No tengo ningún secreto y oscuro pasado del que tú necesites preocuparte, ni tampoco soy una… ¿cómo me has llamado? ¿Una damisela amargada? ¿Acaso necesitas alguna excusa para acudir a rescatar a una dama al galope de tu corcel, Zach? Bueno, pues sigue cabalgando. Yo no estoy interesada.

–¿Te sientes mejor? –le preguntó, sin molestarse en reprimir una sonrisa.

–¿Qué? –arqueó las cejas, sorprendida.

–¿Te sientes mejor después de haberme puesto en mi sitio?

Poniendo los ojos en blanco, Ana se echó a reír.

–Dudo que alguien te haya puesto alguna vez en tu sitio. Solo quería que supieras que no tiene sentido que desperdicies tus sonrisas y tus flirteos conmigo. Eso no ha sido nada profesional, pero tú me has preguntado y yo nunca miento.

Zach apoyó la cadera en el escritorio, sin mostrar la menor prisa por marcharse.

–¿Y si a mí no me parece un desperdicio flirtear contigo?

Ana, que se disponía a rodear la mesa, se quedó paralizada.

–¿Estás bromeando, verdad? ¿Acaso no podemos seguir adelante con este proyecto sin ponernos los dos en ridículo?

–Claro. Con una condición –esperó a que se volviera nuevamente a mirarlo y, por alguna razón, pronunció sin pensar–: Necesito que me ayudes a planificar un homenaje de novia. El de mi futura cuñada.

Ana sacudió la cabeza como si no hubiera oído bien.

–¿Perdón? ¿Un homenaje de novia? No sabía que te hubieras dado al pluriempleo.

–Mi hermana es la que se encarga de ello, pero ha tenido que marcharse de viaje –de repente se preguntó por qué le estaba contando todo aquello. ¿Desde cuándo iba por el mundo dando motivos para que se burlaran de él?–. Me ha pedido que la ayude.

–¿Y por qué me lo pides a mí? Yo no me he casado nunca.

Zach se echó a reír.

–Bueno, pero eres una mujer.

–Me alegro de que te hayas dado cuenta –repuso secamente.

–Oh, claro que me he dado cuenta –recorrió con la mirada su esbelta figura, incapaz de detenerse en un lugar específico: toda ella era perfecta–. Y mucho.

Con las manos en los costados, ladeó la cabeza y puso los ojos en blanco como si su compañía lo estuviera aburriendo mortalmente.

–¿Debería sentirme halagada de que me hayas incorporado a la lista de las mujeres afortunadas a las que has dejado entrar en tu vida?

–Oh, Anastasia –se echó a reír–, definitivamente no te pareces en nada a las otras mujeres de mi vida, eso te lo aseguro. Tú destacas entre todas las demás por méritos propios.

Vio que abría mucho los ojos. Y que se le dilataban las aletas de la nariz.

–¿Por qué no volvemos al momento en que me suplicaste ayuda? Mi corazón no puede soportar tanta frase romántica.

La miró fijamente a los ojos. ¿Qué sería lo que la había vuelto tan dura, tan amargada?

–Kayla me va a enviar una lista de tareas por correo electrónico –explicó–. ¿Qué te parece si quedamos a cenar después y hablamos tanto del homenaje de novia como del proyecto?

–¡Tienes que estar de broma! ¿Esperas que salga contigo para que te ayude a organizar el homenaje de novia de alguien a quien ni siquiera conozco? ¿Es así como te lo montas con las mujeres?

–Olvídalo –cambió de opinión. No iba a suplicarle ni a mostrar debilidad alguna, por mucho que necesitara su ayuda. Indudablemente la lista de Kayla sería prolija y detallada, pero se las arreglaría solo–. Y no te sientas tan halagada. No te estaba pidiendo que salieras conmigo. Solo era un asunto de trabajo.

–¿Trabajo, dices? –para su sorpresa, Ana pareció reflexionar–. Está bien. Te veré en Hancock a las seis. Es el único restaurante que conozco desde que estoy aquí y la comida es buena. Si te retrasas un solo minuto, me largaré.

Zach dio un paso adelante. Estaba tan cerca que Ana tuvo que alzar levemente la cabeza para mirarlo.

–Te recogeré en tu apartamento; mi secretaria tendrá tu dirección. Yo me encargaré del restaurante. Esta noche, Ana, probarás algo distinto. Ya lo verás.

–Yo no estoy buscando probar algo distinto.

Zach cerró los dedos sobre sus finos hombros desnudos y la atrajo lentamente hacia sí.

–Yo tampoco. Antes.

–No te atreverás… –bajó la mirada a su boca.

–No, porque este no es un buen momento –murmuró–. Considéralo una advertencia para cuando surja la ocasión adecuada.

Podía ver que el pulso que le latía en la base del cuello, bajo su piel bronceada, era casi tan rápido como el suyo. Se había humedecido los labios con la punta de la lengua y Zach sabía que estaba excitada. «Bienvenida al club», pensó.

El pitido del móvil que Ana llevaba a la cintura casi lo sobresaltó. Retrocedió un paso, permitiéndole que contestara. Vio que le temblaba la mano cuando sacó el aparato de la funda.

–¿Sí?

En menos de un segundo, su expresión pasó de la pasión y la curiosidad a la severidad y a la rigidez.

–Ahora mismo estoy ocupada.

Interesante. Zach se alegró de no ser el destinatario de aquel tono helado.

–Te llamaré en cuanto pueda. Ahora estoy trabajando.

Cortó la comunicación, volvió a guardarse el móvil y vaciló por un momento antes de volver a mirarlo.

Zack se preguntó quién tendría la capacidad de enfadarla tanto con una simple llamada de treinta y dos segundos. Indudablemente había alguien, y en el proceso había acabado con el modesto progreso que había hecho él para debilitar sus defensas.

–¿Todo bien? –le preguntó, cada vez más incómodo con su silencio.

Ana alzó la mirada, desaparecida ya la expresión que había asomado a sus ojos apenas unos minutos atrás.

–Sí –le espetó–. Y ahora, tal y como le decía a mi padre… tengo que trabajar.

Su padre. Obviamente no estaba muy encariñada con él. Una punzada de dolor atravesó el pecho de Zach cuando evocó los imborrables recuerdos que tenía del suyo. Sacudió la cabeza, poco dispuesto a escarbar en el pasado cuando tenía un presente y un futuro en los que concentrarse. Incapaz de resistirse a tocar su fina y acalorada piel una vez más, y movido también por la necesidad de borrar aquella helada mirada de sus ojos, deslizó un dedo por su mejilla. Sonriente, la tomó del mentón hasta que vio que las comisuras de su boca se alzaban un tanto.

–Te veré a las seis –la soltó y se dirigió a la puerta–. Ah, y no hace falta que lleves el cinturón de herramientas.

Capítulo Tres

Vestida y dispuesta, Ana esperaba en la terraza de su apartamento con vistas al mar. Miró de nuevo el reloj. Zach se había retrasado ya dos minutos. A los hombres como él les encantaba hacer esperar a las mujeres. Y esperaban que las mujeres suspiraran de deleite cuando al fin se presentaban ante su puerta con un impresionante ramo de flores o una carísima botella de vino. Como si fuera eso todo lo que necesitaran para llevárselas a la cama.

No, gracias. Ella no era de las que suspiraban, ni de las que se acostaban con nadie fácilmente. De hecho, teniendo en cuenta que hasta la fecha no se había acostado con hombre alguno, no iba a empezar a hacerlo ahora con Zach Marcum. Probablemente pensaría que las vírgenes de veintiocho años no existían, pero ella era la prueba viviente. Si su mujeriego padre no la hubiera vacunado contra aquel tipo de intimidades, lo habrían conseguido los relatos y fanfarronadas que durante años había venido oyendo de sus equipos de construcción, mayoritariamente masculinos.

Por cierto que Zach, hasta el momento, estaba consiguiendo bastante más de lo que se merecía. Estaba más que acostumbrado a que las mujeres se desvivieran por sus atenciones, y allí estaba ella, siguiendo órdenes suyas como un cachorrito bien amaestrado.

La llamada a la puerta la sacó de sus reflexiones. Maldiciendo los nervios que le cerraban el estómago, se alisó el vestido azul brillante. Se había llevado varios vestidos en aquel viaje porque sabía que a Victor Lawson le gustaba dar fiestas en su casa de Star Island, a las que supuestamente ella tendría que asistir. Era un sencillo vestido corto de lana, entallado. Atravesó el apartamento y abrió la puerta antes de que pudiera cambiar de idea. La manera en que Zach contuvo la respiración nada más verla le provocó un estremecimiento. ¿Zach Marcum impresionado por una mujer? Interesante.

—Estás increíble.

—Pareces sorprendido –se echó a reír–. Tú mismo me dijiste que me quitara cinturón de herramientas, ¿no?

No quería sentirse afectada por el calor de su mirada mientras viajaba por todo su cuerpo: desde las uñas recién pintadas de rosa de sus pies hasta el redondo escote de su vestido, pasando por sus piernas desnudas.

—Es que no esperaba… esto –alzó por fin sus cálidos ojos color chocolate.

—Es solo un vestido normal y corriente –Ana se dijo que tenía que aligerar la tensión del ambiente–. Seguro que habrás visto a mujeres con ropa mucho más sofisticada.

—Sí, es verdad. Pero ninguna que sacara tanta belleza de lo más sencillo.

—Si quieres que vuelva a ponerme la camiseta y los tejanos, puedo hacerlo. Pero entonces tendré que ponerme también el casco de obra y el cinturón de herramientas.

La sonrisa satisfecha que Ana había llegado a conocer tan bien iluminó su rostro.

—Aunque tengo que admitir que también estás increíble con tu atuendo de trabajo, prefiero con mucho esta imagen tuya tan sexy.

«Oh, vaya», exclamó para sus adentros. A ese paso,

iba a ponerse a suspirar. ¿Sexy? Ahora entendía por qué las mujeres caían tan fácilmente en su trampa.

–¿Nos vamos ya? Habrás reservado mesa, ¿verdad?

Zach alzó entonces una mano para apartarle un rizo cobrizo de la cara y recogérselo detrás de la oreja. Ana no quería reaccionar a su contacto, pero al parecer su cuerpo no podía evitarlo. Sentía un cosquilleo allí donde él posaba su mirada, como si la hubiera acariciado con sus manos grandes y fuertes.

Antes de que la situación se tornara todavía más incómoda, le hizo salir y se dirigió al ascensor. Una vez dentro, Zach pulsó el botón del vestíbulo y se volvió hacia ella.

–Tengo que reconocer que ese vestido me ha hecho perder el hilo de mis pensamientos. Es como una segunda piel.

–¿Esperabas que te recibiera en cueros, ataviada únicamente con mi martillo?

Cerró los ojos.

–Espera un momento. Estoy teniendo una fantasía…

Ana no pudo evitarlo y se echó a reír.

–Eres patético.

–Culpable –Zach se encogió de hombros–. Ahora en serio, te debo una cena por haberte solidarizado con mi hermana.

–¿Así que solamente se trataba de eso? –sonrió, sorprendida.

Se abrieron las puertas del ascensor y Zach la guio delicadamente del codo para salir.

–Eso y que necesito tu ayuda para planificar esa fiesta de chicas.

–Podrías haberte limitado a darme la lista de tareas

que te envió Kayla. No tenías necesidad de emplear una de tus tardes libres conmigo,

Esa vez fue Zach quien se echó a reír. Inmediatamente le hizo detenerse y la obligó a que lo mirara.

–¿Qué es lo que te hace tanta gracia? –le preguntó ella.

–No imaginaba que fueras tan cobarde.

Le entraron ganas de borrar aquella sonrisa engreída de su rostro, aunque en el fondo sabía que tenía razón. Era una cobarde en muchos aspectos, y Zach no se imaginaba cuántos.

–Llámame cobarde si quieres, pero ambos sabemos que estás tan acostumbrado a salirte siempre con la tuya que te has inventado esa excusa para salir conmigo. Sé que tu empresa tiene una reputación impecable, pero traspasar la línea y entrar en un terreno personal sería un grave error para los dos.

–Sabes tan bien como yo que estás malgastando tu aliento. Puedes negarlo todo lo que quieras pero, si la ignoramos, esta recíproca atracción solo nos causará una tensión sexual cada vez mayor durante el desarrollo del proyecto.

Ana cruzó los brazos y alzó la barbilla, negándose a entrar en una discusión personal en pleno vestíbulo. Liberándose de su mano, salió al portal del edificio.

–Yo no estoy negando nada –continuó caminando–. Solamente constato el hecho de que este proyecto es mi prioridad número uno. No tengo tiempo para esas cosas, Zach.

Alcanzándola, cerró las manos sobre sus hombros desnudos y la miró directamente a los ojos.

–También para mí es una prioridad este proyecto, pero

no pienso dejar que me consuma mi tiempo libre. Y lo que nosotros… sí, nosotros hagamos juntos en nuestro tiempo libre no tiene nada que ver con nuestra relación profesional.

Ana sabía que aquella era una discusión que no podía ganar, pero una vez que Zach descubriera que carecía de experiencia, ¿acaso no perdería todo interés por ella?

La llevó a su lujoso deportivo, un Bugatti. Ana se instaló en el cómodo asiento de piel mientras él se sentaba al volante. Al ver que no arrancaba inmediatamente, se volvió para mirarlo.

–¿Qué pasa? –preguntó.

–Eso va a ser complicado –se volvió también hacia ella–. Tanto si ignoramos esta tensión sexual como si no.

Ana no supo qué responder. Aquel nivel de tensión sexual era algo de lo que sabía bien poco, pero tenía la estremecedora sensación de que iba a averiguarlo más pronto que tarde. Suspirando, Zach alzó una mano y le retiró suavemente la melena del hombro desnudo.

–Yo estoy preparado para el desafío. ¿Y tú?

–¿Tengo elección?

Le acarició la mejilla con un dedo.

–No más que yo –y se volvió por fin para arrancar el coche.

Capítulo Cuatro

Al restaurante al que la llevó Zach jamás se le habría ocurrido ir sola. Y aunque era perfecto, eso era algo que jamás le confesaría al señor del ego hiperinflado.

Mientras el maître los guiaba hasta su mesa, Ana se fijó en la decoración. Exuberantes plantas tropicales separaban las diferentes mesas, creando un ambiente íntimo y recogido. Las luces tenues y una pared por la que resbalaba agua a modo de cascada hablaban de una íntima y relajante experiencia, justo lo que ella necesitaba.

Ana se sentó en un banco de forma curva, en una esquina junto a la cascada. Zach también se sentó, pero directamente junto a ella. Lo miró arqueando una ceja.

–¿Piensas acercarte tanto mientras comemos?

–A la primera oportunidad, pienso acercarme mucho más.

–¿Te atrae físicamente cualquier mujer con la que te cruzas? –se burló.

–En absoluto. No diré que he sido un santo, pero tampoco me disculparé por ser sincero y decirte lo que siento.

–La sinceridad es una virtud que aprecio, sin duda, pero te advierto que yo no confío fácilmente en la gente.

–En mí confiarás. Quizá no ahora, pero sí a su debido tiempo.

«¡Oh, Dios!», exclamó Ana para sus adentros. ¿Querría eso decir que…? Flirtear era una cosa, pero el tono que había utilizado era tan serio, tan rotundo. Indudablemente Zach se sentía perfectamente cómodo en cuestiones sexuales, al menos eso era lo que decían las crónicas de sociedad. Así que probablemente aquella conversación sería únicamente incómoda para ella…

–Zach, nosotros no somos nada más que compañeros de trabajo y yo te estoy ayudando con ese homenaje. No hay nada personal en esto. Nunca lo habrá. La confianza no es un problema para mí, pero no me gustaría que fuera yo la que tuviera que restaurarla.

–Tú no tendrás que hacer nada –se inclinó para susurrarle al oído–: Ya me encargaré de arreglar tus problemas de confianza.

La caricia de su aliento le produjo estremecimientos por todo el cuerpo. Afortunadamente, el camarero escogió aquel momento para aparecer. Ana ni siquiera escuchó lo que pedía Zach: estaba demasiado ocupada intentando dominarse. Una vez que volvieron a quedarse solos, procuró ignorar el romántico ambiente del selecto restaurante, y al hombre tan poderoso como sexy que tenía delante, para ir directamente al grano:

–¿Por qué te esfuerzas tanto conmigo? Podrías tener a todas las mujeres que quisieras.

–A todas no –una chispa asomó a sus ojos. La calidez de su tono resultó más que elocuente.

–¿Qué lista te dio Kayla para la fiesta de chicas?

Zach sonrió ante aquel radical cambio de tema.

–Necesito elaborar una carta de distribución de asientos y elegir el menú.

–Eso no parece tan difícil –pensó que aquel terreno era mucho más seguro.

–Tú no has visto la lista de invitadas. Cada una tiene

una anotación con instrucciones específicas. No se puede sentar a cierta gente al lado de otra, y las madres con niños tendrán que estar cerca de los baños.

Ana no pudo evitar reírse ante aquella imagen del poderoso magnate preocupado por tales asuntos.

–Todo saldrá bien. Te lo prometo –le aseguró, dándole unas palmaditas en el brazo–. Pero empecemos por lo más sencillo. El menú.

–Sí, con eso no tengo problemas. Filetes de ternera y pollo como lo más básico.

–Es una fiesta de chicas –le recordó ella–. A nosotras nos gusta algo menos… masculino.

–Pero si tú acabas de pedir un filete.

–Bueno, yo siempre tengo un apetito enorme.

–¿Qué elegimos entonces? ¿Palitos de zanahoria y salsa para untar?

Su tono burlón y el brillo malicioso de sus ojos no dejaban de divertirla.

–¿Para qué hora del día ha programado Kayla el evento?

El camarero volvió en ese momento para servirles el pan y las bebidas. Ana bebió un sorbo de agua y se recostó en el cómodo asiento.

–Me dijo que a primera hora de la tarde –respondió él–. A eso de las dos o las tres.

–De acuerdo: hagamos algo divertido. ¿Qué tal una degustación de helados? Para cuando comience la reunión todas las invitadas ya habrán comido, de manera que una rueda de postres sería ideal, y los niños se morirán por comer helado.

Zach se volvió un poco más hacia ella en su asiento,

apoyó el brazo en el respaldo y le lanzó una de sus matadoras sonrisas:

–Continúa.

Ana experimentó una punzada de orgullo. El motivo de que quisiera impresionar a aquel hombre con sus planes para su cuñada era algo que se le escapaba.

–Tendrá que ser al aire libre. No, que sea un lugar donde se pueda entrar y salir. Queremos que la gente se mezcle y disfrute. Y los helados se derretirían con este calor.

–¿Sabes? Conociendo a Tamera y a mi hermana, sé que la idea les encantará.

–Pues siéntete libre para atribuirte el mérito y quedar como un héroe –dijo Ana mientras tomaba una rebanada de pan.

–¿Por qué? La idea no ha sido mía.

La partió en dos y se llevó un pedazo a la boca.

–No tienen por qué saber que una desconocida intervino en la planificación de algo tan íntimo y personal.

Zach se le acercó un poco más. Lo suficiente para que pudiera distinguir las vetas negras de sus pupilas color chocolate.

–Tú no eres una desconocida, Ana.

El otro pedazo de pan que estaba sosteniendo escapó de sus dedos para caer sobre el inmaculado mantel.

–Zach, no vas a conseguir llevarme a la cama.

–¿Es eso lo que estoy intentando hacer? –sonrió.

–¿Acaso no lo es? Podemos fingir que estás flirteando o que únicamente estás siendo tú mismo y yo puedo reírme y batir pestañas con coquetería o podemos saltarnos todas estas tonterías para ir al meollo de esa tensión que existe entre nosotros.

Zach le apartó un rizo de la frente y se lo recogió detrás de la oreja.

–Se llama química, no tensión. La tensión hace que la gente se sienta incómoda. Y yo no lo estoy en absoluto.

–Eso es porque estás acostumbrado a desplegar tu encanto y a que las mujeres caigan a tus pies para que puedas arrastrarlas a tu cueva.

Zach echó la cabeza hacia atrás y rio a carcajadas.

–Ana, yo no soy un Neanderthal –le aseguró con voz baja, todavía risueña–. No arrastro a las mujeres a ningún lugar donde no quieran estar. Si me has dicho eso, es porque te enfurece sentirte tan atraída por mí.

–Tu ego y tus comentarios están fuera de control –siseó, airada–. No voy a negar que me atraes, pero eso no quiere decir que tenga que seguir todos y cada uno de mis impulsos. Además, yo no tengo tiempo para juegos.

Intentó apartarse, ganar distancia. Pero él debió de pensar que pretendía escapar, porque la agarró del brazo para susurrarle al oído:

–Me disculpo por mis comentarios, pero sabes que tengo razón.

–No puedo hacer esto. En serio, Zach. Ni siquiera puedo fingir que seremos algo más que compañeros de trabajo porque ni me gusta hacer esas cosas ni quiero mentirte. Por favor, deja de empujarme a hacer algo que yo no quiero.

–Esa nunca ha sido mi intención, Anastasia.

Esa vez sí que se volvió para mirarlo, con sus bocas a la distancia de un suspiro.

–¿Cuál es tu intención, entonces?

Aparte de la manera tierna a la vez que posesiva en

que sus labios empezaron a moverse sobre los suyos, Zach no llegó a tocarla. Ana no quería responder a aquellos labios, pero… ¿cómo podía resistirse? Con un suspiro y un cosquilleo que reverberó por todo su cuerpo, se apoyó ligeramente en él: lo suficiente para dejarle saber que deseaba aquello.

Zach ladeó levemente la cabeza, entreabriéndole los labios. Ella le había dado luz verde con aquel corto suspiro y aquella pequeña basculación. De repente sintió una caricia como de pluma a lo largo de la mandíbula: las yemas de sus dedos. Un estremecimiento la recorrió de pies a cabeza. Pero antes de que pudiera formular otro pensamiento, él se retiró.

–Mi intención es demostrarte lo deseable que eres y que no todos los hombres se aprovechan de las mujeres.

Ana abrió los ojos y tragó saliva.

–Quizá, pero tampoco todos los hombres tienen buenas intenciones.

–No hay nada malo en ceder a tu propia necesidad, a tu pasión –continuaba acariciándole el rostro–. Yo soy un hombre paciente, Anastasia, y creo que la espera bien merece la pena.

Ana volvió a estremecerse, aún más que antes. Ante aquella declaración, ¿o era una amenaza?, supo sin ninguna duda que estaba librando una batalla perdida. ¿Sabría él acaso algo de su inexperiencia? ¿Le habría dado acaso alguna pista?

Capítulo Cinco

Zach recorría a toda velocidad las calles flanqueadas de palmeras de Miami. Cuando cayó la noche, había sacado una de sus motocicletas favoritas con la intención de despejarse la cabeza, saborear un poco de libertad e intentar resolver los problemas que lo acosaban. Que, en aquel preciso momento, parecían girar todos en torno a una sexy y tozuda jefa de obras.

Detuvo su Harley en el arcén de una calle, cerca del mar. La luna se reflejaba en la blanca espuma de las olas que morían en la costa. Después de dejar a Ana en su apartamento, había necesitado de un tiempo para recuperarse. Esa noche había percibido en ella una insólita inocencia, una curiosa ingenuidad.

Le sonó el móvil. Lo sacó el bolsillo, miró la pantalla y suspiró mientras aceptaba la llamada.

—¿Melanie?

—¿Puedo pasarme por tu casa?

Sintió una inmediata opresión en el pecho. Allí estaba, hablando con la mujer con la que se había casado, la que había creído que amaría para siempre. La mujer que lo había abandonado sin mirar atrás.

—Me dejaste. Y yo no doy segundas oportunidades.

—Cometí un error. ¿Es que no podemos hablar simplemente?

Por mucho que quisiera hacerlo, no podía; no le daría la oportunidad de que lo destruyera de nuevo.

–Tengo que dejarte.

Cortó la llamada y volvió a guardarse el móvil antes de clavar la mirada en la espuma blanca de las olas. No podía evitar pensar en el día de su boda y en los escasos meses de felicidad, a los que siguió aquel momento de pesadilla. Un momento de pesadilla que pretendía olvidar, y que sin duda olvidaría en cuanto Melanie dejara de llamarle y de enviarle mensajes. Sí, su ex le había hecho mucho daño, pero él también había tenido algo de culpa en aquel desastre. Si no se hubiera mostrado tan vulnerable, tan expuesto, no habría sufrido tanto cuando ella lo abandonó para largarse con uno de sus presuntos amigos. Era un tópico, y lo sabía. Pero Zach estaba decidido a mirar al futuro. A disfrutar de cada momento de su libertad y de su soltería.

Se negaba a cuestionarse a sí mismo, o a admitir siquiera que se había acostado con cada mujer disponible que se había cruzado en su camino después del divorcio. ¿Qué mal había en querer disfrutar de la compañía de una mujer sin la carga de una relación? Como, por ejemplo, la de Ana.

¿Estaría Ana dispuesta a renunciar a aquel muro defensivo que había erigido en torno a sí misma? Si no era así, ¿estaría él realmente dispuesto a arriesgarse a la posibilidad de otro rechazo? Sin duda. ¿Acaso no había endurecido su corazón tras el desengaño de Melanie? Estaba perfectamente preparado para mantener una relación íntima con Ana. ¿Relación? No, esa no era la palabra. Aventura. Aunque tenía el presentimiento de que la señorita Clark no era nada aficionada a las aventuras.

Así que tenía que volver a la pregunta de la relación.

¿Estaría dispuesto a…? Maldijo entre dientes cuando alzó la mirada y vio los oscuros nubarrones tapando la luna llena. Arrancó la moto y puso rumbo a casa cuando la primera gota de lluvia le caía en el brazo. No interpretó como una simple coincidencia que la lluvia hubiera interrumpido sus pensamientos justo cuando estaban a punto de aventurarse en un terreno tan delicado. El destino le estaba diciendo algo.

Había pasado una semana desde que Zach se le insinuó. Desde luego, se habían visto a diario en la obra. Pero él había mostrado una actitud exclusivamente profesional. De pie frente al espejo del baño de su apartamento, vestida únicamente con una toalla, Ana sentía un nudo de nervios en el estómago. Porque lo de aquella noche iba a ser cualquier cosa excepto profesional. Victor Lawson daba una fiesta a la que por supuesto no solamente estaba invitada, sino que se esperaba su asistencia. Zach estaría allí, por lo que estaba poniendo un especial cuidado en peinarse su melena rizada. La humedad del sur de Florida le rizaba todavía más el pelo, así que no le quedó más remedio que alisarse las puntas para recogérselo en un moño bajo.

Echó un último vistazo a su peinado y a su maquillaje antes de acercarse al armario para escoger entre los pocos vestidos que se había traído a Miami. El vestido de noche azul cielo, el corto de color verde esmeralda sin espalda o quizá el más atrevido, el rojo sin tirantes. Ganó el verde. Era cómodo, ligero y coqueto. Además, el color resaltaba sus ojos, poco maquillados. Escogió la ropa interior con cuidado, pero no porque esperara que alguien la viera. Al contrario. Usar lencería sexy le daba una dosis extra de confianza. Y sabía que en una fiesta con tantos machos alfa como Victor, Cole o Zach, iba a necesitar toda la confianza del mundo.

Teniendo en cuenta lo escaso de su busto, optó por prescindir del sujetador. Se decidió por unas bragas negras de encaje, de cintura alta. Se puso luego el vestido y se ató los lazos de chifón al cuello. Por último, se calzó unas sandalias de tacón doradas.

Acababa de retocarse la pintura de los labios cuando llamaron a la puerta. Atisbó por la mirilla y no se sorprendió de ver a Zach tan guapo y sexy como siempre. Se alisó con mano temblorosa el vestido y abrió la puerta.

La mirada de Zach la recorrió de la cabeza a los pies, dos veces, antes de posarse en sus labios de un rojo brillante. La expresión de su rostro le arrancó una sonrisa, llenándola de alegría: evidentemente había escogido bien su conjunto.

–Me alegro de haber venido a recogerte –le confesó con voz ronca, sensual–. Si hubieras ido a esa fiesta sola, habrías sido devorada viva por cada soltero disponible. Y probablemente también por algunos casados.

–¿Qué te hace pensar que quiero ir contigo? A lo mejor tenía intención de ir sola a la fiesta de Victor.

Aquellos ojos de color chocolate parecieron oscurecerse mientras la miraba.

–Tú sigue burlándote, corazón, y te enfrentarás a las consecuencias.

–Si no quieres que se burlen de ti –replicó sonriente–, guarda las distancias.

Zach cerró de pronto la distancia que los separaba, le

pasó un brazo por la cintura y acercó peligrosamente su rostro al suyo.

–Lo he intentado. Incluso cuando no estás conmigo, llenas mis pensamientos. ¿Qué te parece a ti que deberíamos hacer al respecto?

No tan confiada como antes, apoyó las manos en su duro y ancho pecho.

–Me parece que debemos salir para la fiesta antes de que Victor se pregunte por qué nos hemos retrasado tanto.

–Una vez que te vea –se apartó lo suficiente para admirar el escote de su vestido–, no solo adivinará en seguida el motivo, sino que lo entenderá perfectamente.

Ana le dio entonces un empujón muy poco delicado y se dirigió a su habitación.

–Déjame que recoja el bolso y las llaves y nos vamos. Espero que no hayas traído una de tus llamativas motos, por cierto.

–Esta noche se merece lo mejor, Anastasia –ladeó la cabeza, sonriendo–. He traído mi nuevo Camaro.

–¿Un Camaro? Yo creía que los playboys como tú preferían los modelos caros y extranjeros.

–De esos coches extranjeros tengo unos cuantos, pero cuando estudiaba en el instituto siempre quise tener un Camaro y nunca me lo pude permitir. En el instante en que puse los ojos en ese nuevo modelo, negro, por supuesto, supe que tenía que ser mío.

Ana se lo quedó mirando pensativa.

–¿Me estás diciendo que de adolescente no tenías coche?

–No, Cole y yo compartíamos el coche que solía conducir mi madre. La pobre Kayla solo pudo comprarse uno cuando entró en la universidad.

A Ana le entraron ganas de saber más cosas sobre su sorprendente infancia. ¿Cómo habrían pasado los tres hermanos de tener un solo coche y nada de dinero a poseer suntuosas casas y una empresa multimillonaria?

–Pero ahora me encanta tener un Camaro –añadió él, sonriente–. En aquel entonces no era más que un chico. Demasiado coche para tan poco adolescente.

Ana se rio al tiempo que avanzaba hacia él, indicándole que ya podían marcharse.

–¿Y ahora sí te consideras lo suficiente hombre para manejarlo?

Dejó bruscamente de sonreír, mirándola de tal forma que la dejó paralizada:

–Soy lo suficiente hombre como para manejar cualquier cosa.

Sin saber qué responder a eso, Ana sacó su bolso sin asas y las llaves de la cómoda.

–¿Quiénes son? –le preguntó de repente Zach, señalando la fotografía enmarcada que tenía sobre la cómoda.

–Mi abuelo y mi madre –no quería que curioseara en sus cosas. Sus fotografías eran algo privado, al igual que su vida–. ¿Listo?

Asintió con la cabeza y le ofreció su brazo. En el instante en que lo aceptó, percibió el calor que irradiaba. Que el cielo la ayudara: la noche acababa de empezar.

Capítulo Seis

Desde el instante en que entraron en la suntuosa mansión de Victor en Star Island, a Zach le entraron ganas de cubrir a Ana con su chaqueta y volver a meterla en el coche. Cada par de ojos estaban fijos en ellos, y sabía que no lo estaban mirando precisamente a él. Los hombres la miraban descaradamente y las mujeres le lanzaban dardos invisibles. Tenían toda la razón del mundo para estar celosas.

–Ah, dos de mis personajes favoritos –Victor se acercó inmediatamente a saludarlos–. Me alegro de que hayáis venido. Tenemos bebida, comida, compañía… Todos los ingredientes para una fantástica velada.

Zach apoyó una mano en la cintura de Ana, en un gesto abiertamente posesivo, para demostrar a los demás lo mucho que la deseaba.

–Temíamos que se nos hiciera tarde –afirmó, ganándose una mirada asesina de parte de Ana–. Y yo le dije que lo entenderías.

Victor soltó una carcajada.

–Absolutamente.

–Tienes una casa impresionante, Victor –Ana esbozó una dulce a sonrisa–. Gracias por la invitación.

El multimillonario le tomó la mano y se la llevó a los labios.

–No es necesario que me agradezcas nada, Anastasia.

Gracias a ti, mi nuevo hotel será el que tenga más encanto de todos. Soy yo quien debe darte las gracias.

Zack pensó que aquel besamanos había durado demasiado. Por fin Victor asintió sonriente y le soltó la mano.

–Disculpadme, pero debo atender a los demás invitados.

En el instante en que se marchó, Ana se volvió hacia Zach:

–Nunca más vuelvas a hacer eso.

–No quería que se hiciera una idea equivocada contigo –se defendió–. Victor es un solterón con mucho éxito entre las mujeres. Solo quería que supiera que contigo no tenía nada que hacer.

–Tú tampoco –susurró entre dientes antes de girar en redondo para dirigirse al fondo de la mansión, que comunicaba con un espléndido jardín.

Zach le permitió que se adelantara unos pasos antes de seguirla. No pensaba montar una escena, y menos en la casa del hombre que tenía un contrato multimillonario con el estudio de arquitectura de su familia.

Continuó caminando y salió al jardín, si es que podía llamarse así al exuberante escenario casi selvático con cascadas que abrevaban en pequeñas pozas. Vio enseguida a Ana junto a su hermano gemelo, Cole, y la prometida de este, Tamera. Las mujeres charlaban animadas mientras Cole sonreía con un vaso en la mano. Supuso que estarían hablando de la inminente boda. Como si una fuerza magnética lo hubiera arrastrado hacia aquella mujer tan tozuda como sensual, Zach se encontró de repente al lado de Ana, rozándole un brazo con el suyo. Aunque seguía sonriendo, notó que el cuerpo se le tensaba de inmediato.

–Me alegro de verte por aquí –le dijo Cole.

–Y yo –repuso Zach, recogiendo una botella de cerveza de la bandeja de un camarero que pasaba al lado–. Tamera, estás tan guapa como siempre. Radiante de felicidad.

Su futura cuñada sonrió al tiempo que tomaba a Cole de la cintura y se apoyaba en él.

–Tengo muchas razones para estar feliz y todas tienen que ver con este hombre.

–Precisamente les estaba preguntando dónde pensaban casarse –comentó Ana–. Me sorprende que vayan a hacerlo en casa de Cole.

–Queremos una ceremonia íntima, para la familia y amigos más cercanos –Tamera lanzó a su prometido una mirada de adoración–. La idea es celebrar la recepción y marcharnos de luna de miel en cuanto acabe. Como necesitábamos un lugar para que los familiares se quedaran a pasar la noche, nuestra casa nos pareció perfecta.

–Suena maravilloso –sonrió Ana.

Zach estaba seguro de que, si aquella conversación sobre bodas, amores y finales felices se prolongaba durante mucho tiempo más, saldría corriendo como si lo persiguiera un enjambre de abejas.

–¿Te has pasado últimamente por las obras? –le preguntó a su hermano.

–Sí, ayer mismo.

–Los movimientos de tierra se están cumpliendo según los plazos y el resto del equipo de Ana hace dos días que ya ha llegado, así que a partir de ahora aceleraremos todavía más el ritmo.

Tamera puso los ojos en blanco.

–¿Tenemos que hablar de trabajo? –se quejó Tamera–. Mejor disfrutemos de la fiesta. Tengo hambre, Cole. Vamos a por un plato.

Cole lanzó una mirada a su hermano gemelo, como diciéndole «ya hablaremos después», y Zach rio por lo bajo antes de beber un buen trago de cerveza.

–No pongas esa cara –le dijo Ana–. Si quieres hablar de trabajo, soy toda oídos.

–Por fin una mujer con la que me identifico de todo corazón –se burló.

–El corazón no tiene nada que ver en esto, Zach –sonrió.

–Me alegro, porque no pienso volver a entregárselo a nadie.

–¿Has dicho volver?

Zach maldijo para sus adentros.

–Estuve casado –dijo con falsa naturalidad–. No duró. Ella quiere volver conmigo, yo no. Fin de la historia.

–Un motivo más por el que somos tan diferentes. El matrimonio es algo muy importante; es precisamente por eso por lo que yo nunca me casaré. No hay hombre en el mundo que reúna las condiciones que yo exigiría en un marido.

–¿Y qué es lo que quieres en un marido?

–No es tanto lo que quiero como lo que necesito –se encogió de hombros, agarrando su diminuto bolso con las dos manos–. Lealtad, confianza, estabilidad, sinceridad. Tendría que anteponerme a mí a todo lo demás. No estoy diciendo que tuviera que mimarme y consentir todos mis caprichos, sino que se prestara atención a mis necesidades y conociera exactamente mis deseos.

Zach pensó que, si le revelaba a él aquellos deseos, con mucho gusto se los satisfaría uno a uno. Aunque ciertamente no pretendía postularse como marido. Eso era lo último.

–No me malinterpretes –continuó ella, mirando las parejas que se perdían de la mano en los rincones del enorme jardín–. Me emociona cuando dos personas que están destinadas a estar juntas encuentran esa felicidad. Solo que eso es algo que yo no disfrutaré nunca. Créeme que no se trata de una queja.

Cuanto más la veía hablar y mirar a otra gente, más claro se daba cuenta de que estaba mintiendo. Puede que ella no fuera consciente de ello, pero mentía. Su mirada de anhelo, la dulzura de su voz mientras hablaba de sus requisitos y condiciones. Sí, Anastasia Clark creía en los cuentos de hadas y un día probablemente viviría uno. Un príncipe azul aparecería por fin y le daría todo eso y más.

Pero Zach no quería imaginarse a Ana con otro hombre. No cuando él ni siquiera había tenido la oportunidad de explorar aquella pasión que acechaba en su alma.

–Oh, y un perro –añadió.

–¿Perdón?

Volvió sus ojos verdes hacia él.

–Tendría que tener un perro. Si le gustan los animales, sería un indicio de que es tierno y cariñoso. Por supuesto, en mi trabajo un perro no es algo muy práctico, sobre todo cuando tengo que viajar por todo el país.

–Quizá cuando encuentres a tu príncipe azul, te establecerás para siempre en un castillo y no tendrás que viajar más –Zach no pudo evitar sonreír al ver que entrecerraba los ojos–. Así podrás tener todos los perros que quieras.

–Ya te lo dije, no pienso establecerme en ningún sitio. Y ciertamente tampoco pienso reducir mi ritmo de trabajo. Me gusta lo que hago, me gusta mi independencia.

«Mejor», pensó Zack. Ella no estaba buscando comprometerse. Perfecto.

–Acabo de ver a un cliente –dijo de pronto–. Necesito saludarlo. Si quieres, puedes acompañarme.

–Oh, no te preocupes por mí… Ve tranquilo. Ya nos veremos luego.

Zach dejó a Ana, que se dirigió hacia una de las numerosas mesas de comida. Él se puso a charlar con un cliente, y luego con otros muchos de los que habían trabajado con el estudio de arquitectura de su familia. Al cabo de una hora, la buscó con la mirada pero no la encontró. No podía haberse marchado con alguien sin haberle avisado antes. Entró en la casa, a un salón de aspecto formal donde estaban charlando varios invitados. Ni rastro de ella.

Fue entonces cuando reconoció su risa sensual. Se giró en redondo y distinguió su melena pelirroja, su vestido, y experimentó la enésima punzada de excitación… A la que siguió otra de celos cuando la vio charlando con un hombre que sabía que estaba casado. El hombre, rico y de mediana edad, sonreía a la vez que le recogía delicadamente un mechón que se le había escapado del moño.

–Gabriel Stanley, qué alegría volver a verte… –lo saludó Zach mientras se acercaba, inmune a la mirada asesina que acababa de recibir de su conocido–. He visto fuera a tu mujer. Está guapísima. ¿Vais a tener otro niño?

Gabriel hundió las manos en los bolsillos de su pantalón.

–Sí. El tercero.

–Qué maravilla –exclamó Ana, aparentemente ajena a la tensión del ambiente–. Enhorabuena. No me habías dicho nada…

–Parecía un poquito cansada –añadió Zach–. Puede que quieras ir a ver cómo está.

Gabriel tensó la mandíbula.

–Ana, ha sido un placer conocerte. Zach, nos vemos luego.

–Eso ha sido una grosería por tu parte –le echó en cara ella una vez que se quedaron solos–. Solo te ha faltado orinar para marcar el territorio.

–Está casado –se la quedó mirando fijamente a los ojos.

–¿Y?

–Que estaba flirteando contigo.

Ana sonrió y le dio unas palmaditas en la mejilla.

–Te pones muy guapo cuando estás celoso. Y haces que me entren ganas de comprobar la sinceridad de esos sentimientos.

–No estoy celoso –insistió–. Vámonos.

–Deberíamos despedirnos de Victor.

–Está ocupado con sus invitados. No le importará que nos escapemos.

Sin darle otra opción, la tomó de la mano y la guio a través de la casa. Una vez en el sendero de entrada, esperaron a que el portero trajera el coche.

Un denso silencio presidió el trayecto de vuelta a su apartamento de South Beach. Zach no quería que pensara que era un imbécil. A fin de cuentas, ¿acaso no se suponía que tenía que enseñarle que existía un tipo de hombre diferente de los que había conocido y le habían amargado la vida? ¿Uno que no fuera un imbécil?

–Mira, lamento que pienses que me he comportado groseramente –se aclaró la garganta–. Pero no voy a disculparme por haberme comportado groseramente con Gabriel.

–Ya. Eso último sí que ha sonado sincero.

Zach le lanzó una rápida mirada de soslayo.

–Soy sincero. Y no tengo problema alguno en disculparme cuando sé que me he equivocado o he herido los sentimientos de la gente que me importa.

La manera que tuvo de contener el aliento lo sorprendió. Estaba claro que necesitaba explicarse mejor.

–Conozco la opinión que tienes de los hombres –continuó–. Pero no todos somos tan malos y no todos somos como Gabriel. Que haya tipos que disfruten con las mujeres no significa que las manipulen o jueguen con sus sentimientos. Les gusta salir con ellas, de una en una, y divertirse.

–Como tú.

Sentada como estaba tan cerca de él, Zach solo tenía que estirar una mano para tocarla. Y lo hizo: la apoyó sobre su muslo, suavemente.

–Como yo. Yo no miento nunca a las mujeres. Si estoy con una mujer, esa mujer sabe cuál es la situación exacta en cada momento. Y sabe también que le seré fiel mientras dure.

–No sé por qué, pero te creo.

Para su propia sorpresa, Zach soltó el aliento que inconscientemente había estado conteniendo. Sí: quería que Ana tuviera una buena opinión de él.

Capítulo Siete

Cuando Zach aparcó frente al complejo de apartamentos, Ana se dispuso a bajar en seguida.

–Gracias por haberme traído.

–Te acompaño.

Empezó a protestar al ver que salía del coche, pero él le abrió la puerta caballerosamente y le tendió la mano, no dejándole otra opción que aceptarla. Quería escapar de él, de sus maneras autoritarias y desfasadas.

Después de avisar al portero de que volvía en seguida, Zach la tomó de la cintura y entró con ella en el ascensor. Aquella actitud suya de supermacho no era de su gusto, ciertamente.

Cuando el ascensor llegó a su planta, Zach le quitó la tarjeta de las manos y la deslizó por la ranura de la puerta. Se recordó que no podía dejarlo entrar. No se trataba solamente de que desconfiara de su propia fuerza de voluntad en el instante en que lo viera trasponer aquel umbral: tampoco estaba dispuesta a que viera sus cosas personales. Nadie había visto nunca todas las fotografías que solía llevarse de obra en obra. Cuando apenas unas horas antes le había preguntado por ellas, casi le había entrado un ataque de pánico.

Se abrió la puerta y se hizo a un lado para dejarla pasar.

–Gracias otra vez –se volvió hacia él, tendiéndole la

mano para que le devolviera la tarjeta–. Supongo que te veré el lunes.

Pero él no le devolvió la tarjeta, como había esperado. En lugar de ello se dedicó a mirarla, deteniéndose especialmente en su boca.

–Te he observado durante toda la noche –pronunció con una voz ronca y dulce a la vez–. Y jamás en toda mi vida había hecho un esfuerzo tan grande de contención.

–No, Zach. Dame la tarjeta.

Dejó la tarjeta en su mano abierta, pero acto seguido le acarició una mejilla, rozándole el labio inferior con el pulgar.

–En realidad no quieres que me vaya. Si eres sincera contigo misma, quieres saber cómo será… lo nuestro.

Sí. Había fantaseado, soñado con ello. Pero eso no quería decir que fuera a suceder.

–Somos tan diferentes, Zach…

Dio un paso hacia ella.

–Me iré si me lo pides –murmuró un segundo antes de besarla en la boca.

La abrazó por la cintura mientras la incitaba a entreabrir los labios con la presión de su lengua. Dadas las características de su vestido, Ana pudo sentir las palmas ásperas de sus manos recorriendo su espalda desnuda, como demostrándole una vez más lo muy diferentes que eran… y lo muy maravilloso que resultaba aquel contraste.

La apretó contra sí mientras subía una mano hasta su pelo y le masajeaba la nuca. Tan aturdida había quedado con aquel asalto que ni siquiera se había dado cuenta de que le había hecho retroceder y se encontraban en aquel momento en el vestíbulo del apartamento. La puerta se cerró de golpe, con lo que la luz del pasillo dejó de iluminarlos.

Intentó empujarlo, pero sus dedos se cerraron sobre sus duros bíceps. Reinaba una leve penumbra, procedente de la luz del salón interceptada por la media pared que separaba ambos espacios.

–Zach –pronunció sin aliento–. No puedo. No podemos.

Vio que tenía los párpados entornados, los labios húmedos. Jadeaba levemente.

–No tengas miedo –susurró al tiempo que la acorralaba contra la pared y volvía a apoderarse de su boca.

Miedo ya había tenido: en aquel momento estaba aterrada. Ciertamente no de él, sino de sí misma por desear algo sobre lo que no ejercía control alguno.

Le echó los brazos al cuello y se apretó contra él. El lazo que le sujetaba el vestido por la parte posterior del cuello se soltó de golpe con un pequeño tirón. La sedosa tela se fue deslizando, para detenerse allí donde se juntaban sus cuerpos. Zach se apartó entonces, interrumpiendo el beso por un instante. Ambos bajaron la mirada justo cuando la tela dejaba al descubierto sus senos.

–Maravilloso –susurró.

–Zach….

–Shhh –le puso un dedo sobre los labios–. No te haré daño.

Pero lo apartó un poco más, antes de que él pudiera volver a reclamar sus labios.

–Yo nunca he hecho esto antes. Y por mucho que me guste ceder a la tentación, simplemente no puedo.

Zach se la quedó mirando atónito, consternado. Luego,

lentamente, le subió las cintas del vestido y se las ató con dedos temblorosos. Ana no podía dejar de mirarlo mientras se dejaba arreglar el vestido. El bochorno y la vergüenza la consumían.

–Yo… no quería provocarte, ni dejar que esto se nos escapara de las manos…

Zach retrocedió un paso y hundió las manos en los bolsillos del pantalón.

–No sé qué decirte.

–No pasa nada –Ana se abrazó mirando al suelo–. Haremos como si esto no hubiera sucedido nunca. La culpa fue mía por haberte dejado entrar.

–No, Anastasia –su voz ronca pareció envolverla–. Yo he querido entrar contigo. Y nada me habría impedido hacerlo.

No podía mirarlo, no quería leer la desaprobación en sus ojos. ¿Desde cuándo le importaban los sentimientos de Zach o lo que pudiera pensar de ella? Esa era precisamente la razón por la que no se relacionaba con hombres a ningún otro nivel que no fuera el profesional. Sus emociones acechaban justo debajo de su helado exterior, y no necesitaban grandes estímulos para aflorar.

Zach le puso un dedo bajo la barbilla, obligándola suavemente a alzar la cabeza.

–Mírame.

Por mucho que quisiera evitarlo, sabía que cuanto antes lo hiciera, antes se marcharía él y antes podría ella superar aquel incómodo momento. Lo miró por fin, pero en lugar de leer en sus ojos la furia o la decepción, se encontró con una apasionada, enternecedora expresión.

–¿De qué te avergüenzas? –le preguntó–. Estoy sorprendido, sí, pero sobre todo estoy impresionado. Sabía que eras fuerte e independiente, pero no sabía que fueras también tan vulnerable.

–Ni soy vulnerable ni estoy avergonzada.

Pero Zach le acarició delicadamente los labios con el pulgar.

–No me mientas, y tampoco te mientas a ti misma. Crees que estoy decepcionado, así que te avergüenzas de haber perdido el control. Y eres vulnerable, ya que tienes miedo de resultar herida. ¿Quién te ha hecho tanto daño, Ana? ¿Quién ha sembrado ese temor en tu alma?

Las lágrimas le quemaban los ojos, la nariz, la garganta. Cuando estaban a punto de aflorar, cerró los ojos y apartó la cara para liberarse de aquel hipnótico contacto.

–Déjame –susurró–. Solo… déjame.

–Yo nunca te obligaría a nada, nunca te presionaría. Pero no renunciaré a la atracción que existe entre nosotros, y tú tampoco –se volvió hacia la puerta–. Soy un hombre paciente y te esperaré, Anastasia. Todo esto es nuevo para ambos, y es algo a lo que los dos tendremos que acostumbrarnos –antes de que ella pudiera decir algo, abrió la puerta y se marchó.

Mortalmente exhausta, se quedó apoyada en la pared opuesta a la del gran espejo del vestíbulo. Apenas se reconocía a sí misma. Tenía la boca inflamada, las mejillas ruborizadas, mechones sueltos del moño le caían sobre la cara y los hombros. Parecía una mujer que acabara de librar una batalla.

Capítulo Ocho

Para cuando terminó la jornada, Ana se quedó sorprendida de que Zach no se hubiera pasado por la obra. No le tenía por un cobarde. De todas formas, se sintió aliviada de no tener que enfrentarse con el hombre que había vuelto su mundo patas arriba a fuerza de excitantes caricias y cautivadores besos.

Abandonó el trabajo tarde porque perdió la noción del tiempo mientras firmaba las nóminas. Se negaba a admitir que no quería volver a su apartamento, donde los recuerdos de la noche anterior le estallarían en la cara tan pronto como entrara por la puerta. Pero, justo cuando se disponía a introducir la tarjeta en la ranura, recuperó la confianza. En realidad no había sido más que un simple incidente. Seguro que Zach ya lo habría olvidado.

De repente le sonó el móvil. «Qué ironía», pensó en cuanto miró la pantalla. Zach había tenido que llamarla en el preciso instante en que acababa de entrar en el escenario donde había demolido todas sus defensas.

—Lamento no haberme pasado hoy por la obra.

Ana se apoyó en la puerta cerrada mientras intentaba sobreponerse al estremecimiento que le recorría todo el cuerpo, consecuencia del sonido de su voz.

—No te preocupes —repuso, sincera—. ¿Qué pasa?

—Esa distribución de los asientos de las invitadas me está volviendo loco. Sé que te has pasado el día trabajando, pero te necesito.

La necesitaba. Significaran lo que significaran aquellas palabras, no podía negar que le encantaba escucharlas.

–Bueno –entró en el dormitorio y empezó a desvestirse–. ¿Quieres que nos encontremos en alguna parte?

–Yo te recogeré. ¿Estarás lista dentro de media hora?

–Claro. Hasta luego.

Colgó antes de que pudiera cambiar de idea. Volver a estar cerca de Zach resultaba sencillamente inevitable. Después de refrescarse, maquillarse un poco y pintarse los labios, se recogió la melena en un apretado moño en la nuca. Esperaba que no la llevara a ningún sitio elegante, porque al final se puso unos tejanos cortos y una blusa azul pálido, con chanclas plateadas. Cuando se volvió para mirarse en el espejo de cuerpo entero, frunció el ceño: parecía una adolescente. Pero Zach llamó a la puerta antes de que pudiera acariciar la idea de cambiarse: sí que era rápido.

Cuando abrió la puerta, forzó una sonrisa. Sabía que se comportaría como si lo de la noche anterior no hubiera significado nada para él. Por ello, necesitaba poner una buena cara para que no sospechara que a ella le había ocurrido todo lo contrario.

–Estoy lista –anunció al tiempo que recogía su bolso del pequeño estante que había cerca de la puerta–. Espero que vayamos a cenar. Me muero de hambre.

–¿Te gusta comer, eh? –preguntó, divertido.

–¿A quién no? –cerró la puerta y se guardó la tarjeta–. Me encantaría un buen filete. O una pizza.

Zach se echó a reír mientras estiraba una mano para pulsar el botón del ascensor.

–Nunca he salido con una mujer que no pidiera ensalada y se dejara luego la mitad.

El corazón le dio un vuelco en el pecho. Dio un respingo y se dio cuenta de que se la había quedado mirando fijamente.

–¿Estamos saliendo?

–¿A ti qué te parece?

Sonriendo, entró en el ascensor.

–Me parece que has estado saliendo con mujeres equivocadas, si estaban tan obsesionadas por vigilar su figura como si fueran adolescentes.

Zach soltó una carcajada, la siguió al interior del ascensor y pulsó el botón del vestíbulo.

–Estás intentando darme esquinazo, Anastasia.

–Has sido tú quien no se ha presentado hoy en la obra.

Vaya. No había querido decirlo como si hubiera estado matando el tiempo a la espera de que apareciera… De pronto, sin previo aviso, Zach se volvió para acorralarla contra la pared del ascensor.

–Me echaste de menos.

No era una pregunta, pero Ana negó de todas formas.

–No. Es que simplemente me había acostumbrado a que te dejaras caer por ahí al menos una vez al día.

–¿Te sentirías mejor si te dijera que habría preferido estar contigo en lugar de en mi oficina? –un brillo seductor relampagueó en sus ojos.

–Me sentiría mejor si me dejaras respirar un poco.

Zach le plantó un rápido beso en los labios y se apartó justo cuando llegaban a la planta del vestíbulo.

–Por ahora.

Ana soltó el aliento que había estado conteniendo mientras lo seguía fuera del edificio. Medio deslumbrada por el sol, no vio ni su Bugatti ni su Camaro.

–Por aquí –le indicó, y se dirigió hacia donde había aparcado la Harley.

Ana contempló asombrada aquella motocicleta tan masculina, toda negra y con suficientes cromados como para brillar con luz propia.

–Estás de broma.

Zach se sacó las gafas de sol de un bolsillo de la camiseta y se las puso.

–¿Qué?

–No me pienso subir a eso.

Pero él ya había montado y le tendía su casco de repuesto. Justo en ese momento, le sonó el móvil.

–¿Sí?

Ana frunció el ceño, preocupada al ver que le hacía señas para que se acercara. Oyó que preguntaba a su interlocutor por lo que había sucedido.

–Sí, está conmigo –dijo al teléfono–. De acuerdo. Estaremos allí en un momento.

–¿Qué pasa? ¿Quién era? –inquirió ella mientras él volvía a guardarse el móvil.

–Alguien ha forzado la puerta y ha entrado en tu oficina de las obras. Vamos.

–¿Quién te ha llamado? ¿Han destrozado algo? –no tuvo más remedio que ponerse el casco.

–Victor. Tiene que marcharse de viaje y pensó en acercarse por el tajo para ver cómo marchaban los trabajos. Vio que habían roto las ventanillas del remolque. Ha avisado a la policía –le ayudó a abrocharse el casco–. Ya está.

Vacilante, Ana se sentó detrás.

–Nunca habías hecho esto, ¿verdad? –le preguntó él mientras arrancaba.

Negó con la cabeza y juntó las manos alrededor de su cintura. Se alegró de haberse puesto los tejanos.

–Tendrás que agarrarte más fuerte, Anastasia.

–Ya te gustaría a ti… –gritó para hacerse oír por encima del ruido del motor, pero Zach arrancó y ya no pudo hacer otra cosa que sujetarse a él con fuerza.

Llegaron a la obra en un santiamén. Un coche patrulla estaba aparcado al lado de un lujoso deportivo negro. Ana se apresuró a revisar los materiales y los equipos. A primera vista todo parecía en orden, a excepción de los cristales destrozados del remolque. Zach se detuvo y apagó el motor.

–Ya puedes bajar.

–Oh.

Ana retiró las manos de su cálido cuerpo, casi decepcionada. Aunque la experiencia la había asustado bastante, ahora comprendía por qué Zach adoraba tanto las motos. La sensación de libertad que proporcionaban sintonizaba perfectamente con su estilo de vida. Bajó y esperó a que él terminara de desmontar para devolverle el casco.

–Vamos a ver qué ha pasado.

Sabía que él también estaba preocupado. Aquella misma semana Ana se había llevado un buen susto con la potencial amenaza de la tormenta tropical, que finalmente se había desviado hacia el mar. Pero el vandalismo era un asunto diferente. Ciertamente esas cosas pasaban en cualquier obra, pero con las últimas lluvias y el despido de Nate, no había tenido tiempo de pensar en la cantidad de horas que la zona de obras quedaba descuidada y… De repente vio la luz. Se detuvo en seco y agarró a Zach del brazo:

–¿Y si ha sido un acto de venganza?

–Yo estaba pensando lo mismo. Tendrás que contarle al agente de policía lo que Nate dijo de mi hermana, lo que le dijiste tú cuando lo despediste y darle una dirección donde puedan localizarlo.

Ana asintió. Justo en ese momento, Victor Lawson y un agente de policía salían del remolque. La expresión sombría del multimillonario no ayudó a tranquilizar sus nervios.

–¿Son importantes los daños? –inquirió Zach.

–Lo han destrozado todo –explicó el policía–. Supongo que usted será el jefe de obras.

–No –lo corrigió Ana, procediendo a presentarse–. Soy yo. Me llamo Ana Clark y este es Zach Marcum, el arquitecto.

–Tendrá que entrar a ver si echa en falta algo.

Ana se volvió hacia Victor.

–Lo lamento muchísimo. Contrataré a un guardia jurado para que vigile la zona de obras fuera de horas de trabajo.

La generosa actitud de Victor alivió un tanto su preocupación:

–Te aseguro que no es la primera vez que pasa algo así en un proyecto mío. Ya he llamado a una empresa de seguridad. Llegarán mañana.

–Yo me quedaré aquí esta noche –se ofreció Zach.

–No, lo haré yo –saltó en seguida Ana–. Es mi responsabilidad.

–Estupendo. Me encantará tener compañía –le hizo un guiño.

Lo miró desconfiada. Si lo que se proponía era irritarla

deliberadamente, lo estaba consiguiendo. Pero no iba a iniciar una discusión en público.

–Voy a revisar el remolque.

–Procure no tocar nada –le advirtió el policía–. Es el escenario de un delito y la brigada científica llegará en cualquier momento para recoger huellas.

Se abrió paso entre los tres hombres y subió los escalones del remolque. Habían dejado la puerta abierta, con lo que echó un primer vistazo desde el umbral. Había carpetas por todas partes, los cajones habían sido vaciados en el suelo. Afortunadamente Zach tenía duplicados de todo, pero el hecho de que alguien hubiera violado su espacio personal la indignaba profundamente.

–Habría podido ser peor –dijo Zach a su espalda.

Se volvió para mirarlo, contenta de tenerlo cerca. Se había subido las gafas y sus ojos oscuros escrutaban el desastre. ¿Por qué su cuerpo reaccionaba de manera tan poderosa ante aquel hombre? Sorprendiéndola, le puso una reconfortante mano sobre un hombro: la ternura de aquel gesto la dejó impresionada. Y le recordó el suceso de la noche anterior, en el vestíbulo de su apartamento. No había podido mostrarse más tierno con ella. Ni siquiera cuando le soltó la gran noticia, casi cuando había sido demasiado tarde.

66

Capítulo Nueve

–Traeré un par de colchonetas –Zach entró en el reducido espacio del remolque–. Encárgate tú del café.

Ana puso los ojos en blanco.

–No vamos a montar un picnic, Zach. Y tú no vas a quedarte aquí.

El equipo de la policía científica había dejado residuos de polvo por todas partes y Ana quería limpiarlo todo y tener un momento para sí misma, sin la amenaza de aquella mirada tan sensual.

–Oh, pues da la casualidad de que me quedo –apoyó las manos en las caderas–. Aceptaré encantado tu compañía, pero por ningún motivo te dejaré aquí sola.

–Mira, esta no será ni la primera ni la última vez que me quede a dormir en mi oficina. No necesito una niñera. Estoy segura de que quienquiera que haya sido el responsable, solo pretendía hacer una gamberrada. Todavía no sabemos si fue Nate, y si resultara que ha sido él, probablemente a estas alturas se habrá quedado tranquilo después de haber desahogado sus frustraciones.

–No voy a poner en riesgo tu seguridad. Además, así tendremos tiempo para ponernos a trabajar con la lista de tareas de mi hermana.

Ana quiso seguir discutiendo, pero él parecía genuinamente preocupado. Quizá no debería haberse apresurado tanto en quitar importancia al incidente.

–Si te quedas…

–Me quedo –la interrumpió.

–Bueno. Si te quedas, mantendrás las manos y cualesquiera otras partes de tu cuerpo bien quietas. ¿Está claro, donjuán?

–Sí, señora –sonrió.

Se sorprendió a sí misma haciendo verdaderos esfuerzos para no sonreír a su vez. Maldijo para sus adentros. Aquel hombre tenía una sonrisa contagiosa.

El móvil le sonó en ese preciso instante.

–¿Sí?

–Oh, gracias a Dios. Te he llamado dos veces esta tarde, Anastasia… –el tono preocupado, frenético de su madre le aceleró inmediatamente el pulso–. Siento molestarte, cariño. ¿Estás muy ocupada?

–No para ti. ¿Qué ha pasado? –se volvió para evitar la interrogante mirada de Zach.

–No sé cómo decírtelo… –se le quebró la voz–. Tu padre y yo estamos tramitando el divorcio.

Con el corazón en la garganta, se apoyó en el escritorio. Por el rabillo del ojo, vio que Zach se le acercaba.

–¿Qué?

–Lamento muchísimo tener que decírtelo por teléfono –para entonces, Lorraine ya estaba llorando–. Solo quería contártelo antes de que te enteraras de otra manera. Por fin me he decidido a dejarlo.

Ana no sabía si felicitarla o presentarle sus condolencias.

–Mamá, ¿dónde estás ahora?

–En la última propiedad nuestra que no ha perdido tu padre en el juego. La casa de Georgia.

–¿Necesitas que vaya para allá? –le preguntó con el corazón desgarrado.

–Oh, no, querida. Sé lo importante que es ese proyecto para ti. Estaré bien, de verdad.

¿Seguro? Después de treinta años de matrimonio y de las numerosas aventuras de su marido, para acabar sola al final… ¿cómo podía sonar tan positiva, tan tranquila pese a su dolor? Se sintió orgullosa de su madre. La fuerza que exudaba era algo digno de admirar.

–Llámame cuando quieras, mamá. Te lo digo en serio. Tan pronto como haya acabado con este proyecto, me tomaré unos días libres y nos iremos a algún sitio a relajarnos.

Su madre soltó una temblorosa carcajada.

–Eso me encantaría, Ana. Te quiero.

–Yo también –repuso, luchando contra las lágrimas–. Te llamaré mañana.

Cortó la llamada, cuadró los hombros y se volvió una vez más hacia Zach.

–Voy a salir a hablar con Victor y con el policía –anunció él, adivinando que desearía estar a solas en aquellas circunstancias–. A estas horas casi habrán terminado.

Una vez sola, Ana se enjugó la lágrima que se le había escapado. No quería llorar por aquello. ¿Acaso su padre no le había causado suficiente angustia y dolor con los años?

–Ya se han ido.

Ana dio un respingo cuando vio a Zach entrar de nuevo y cerrar la puerta.

–Oh, eh… ¿no necesitaban seguir hablando conmigo?

–Yo les dije que tenías una llamada urgente y que te

acercarías a la comisaría por la mañana, para comunicarles si echabas algo en falta o rellenar algún informe.

Ana se quitó la banda del pelo, se lo recogió hacia atrás todo lo que pudo y se hizo un moño bajo.

–Gracias. Supongo que será mejor que me ponga a recoger.

Zach atravesó el reducido espacio, pisando papeles y carpetas, para detenerse a unos centímetros de ella.

–¿Te importaría decirme qué es lo que ha dejado ese rastro de lágrimas en tu cara?

–Ahora mismo, sí.

–Vamos a pasar la noche en este remolque. Quiero que sepas que seré todo oídos, si quieres contármelo.

Conmovida, se quedó muy quieta mientras él empezaba a recoger los papeles y a amontonarlos sobre el escritorio. No solo parecía haber dejado en paz el tema, sino que se había ofrecido a escuchar sus confidencias en caso de que estuviera dispuesta a contárselas, sinceramente preocupado por ella. Tenía pues que reconocer que, para ser un playboy, tenía grandes cualidades humanas. De una cosa estaba segura: tendría que mantener la guardia con aquel hombre. Estaba pisando un terreno resbaladizo, como si se deslizara por una pendiente resbalando cada día un poco más en el proceso de enamorarse de Zach Marcum.

Cole y Tamera les habían llevado comida, una colchoneta, almohadas y un par de mantas ligeras. Después de que Zach les asegurara que pasarían una noche perfectamente cómoda en el remolque, se marcharon por fin.

Cuando volvió al remolque, vio que Ana había estirado ya la colchoneta en el suelo. Todas las ventanillas estaban rotas. Habían tenido que taparlas con tablas para mantener la temperatura del aire acondicionado.

–Hogar, dulce hogar –sonrió ella, de rodillas en el suelo mientras terminaba de inflar la colchoneta.

Aunque intentó adoptar un tono ligero y desenfadado, Zach detectó la pregunta que latía detrás de aquella frase. Cuando vio que desviaba la mirada hacia los cojines, las sábanas y las mantas que estaban sobre el escritorio, comprendió que estaba preocupada por los preparativos para dormir. Lógico: Cole solamente había traído una colchoneta.

–Ana, no tienes por qué quedarte aquí –cerró la puerta a su espalda, pero no se movió de donde estaba. No veía razón alguna para ponerla más nerviosa–. Puedo llamar a Cole para decirle que vuelva para recogerte y llevarte a casa.

Sacudiendo la cabeza, Ana se levantó.

–No seas absurdo. Ya te dije antes que no pensaba irme a ninguna parte.

–Estás nerviosa.

–Sí.

Sonrió al escuchar su rápida, honesta respuesta.

–Pues no lo estés. Yo tampoco te mentí cuando te dije que no pasaría nada entre nosotros mientras tú no estuvieras dispuesta. Yo jamás te presionaría, Ana.

–No eres tú quien me preocupa, Zach –cruzó los brazos–. En realidad tengo miedo de mí misma.

–¿Perdón?

–Últimamente es como si no me reconociera a mí misma –le confesó, mirando sus chanclas plateadas, con las piernas extendidas–. Tú me haces desear cosas que jamás antes había deseado. Me haces pensar en otras cosas que no tienen que ver con el trabajo o la familia. Hasta ahora, jamás había pensado en…. La verdad es que no sé cómo actuar, qué hacer al respecto…

Acercándose, Zach se encogió de hombros.

–Casi no puedo creer que yo mismo esté diciendo esto, pero… tómate las cosas con tranquilidad. No quiero que te arrepientas de estar conmigo. Y dado que vamos a pasar la noche aquí, y que mi primera opción de actividad está descartada, trabajaremos con la lista de tareas de mi hermana.

–Contigo, nunca sé lo que harás o dirás a continuación –murmuró ella mientras se lo quedaba mirando fijamente–. No eres para nada quien yo creía que eras.

«Pues ya somos dos», pensó Zach.

–Voy a buscar la lista –le dijo mientras retrocedía de nuevo, necesitado de ganar alguna distancia.

Salió al exterior y se dirigió hacia la motocicleta, en una de cuyas faltriqueras guardaba la lista. Mientras caminaba, no pudo evitar pensar en todo lo que quedaba por hacer para terminar la obra. Normalmente, cuando empezaba un proyecto, se daba prisa en ejecutarlo. Esa vez no, sin embargo. Porque cuando aquel centro turístico estuviera terminado, Ana se trasladaría a otra ciudad, a otra obra. ¿Con otro hombre?

Capítulo Diez

Los nervios torturaban a Ana mientras esperaba a que volviera Zach. ¿Sería aquella la manera que tenía el destino de atormentarla, ofreciéndole en bandeja la oportunidad de acostarse con un hombre que sabía que podría enseñarle todo lo que necesitaba saber y mucho más sobre el sexo y la intimidad física? Se quitó las chanclas y se dispuso a preparar la cama. Su cama. La de los dos. Pero no. No había manera de que compartiera con Zach aquella colchoneta. Nunca había compartido una cama con nadie, y menos con un hombre. Era una mala, malísima idea. ¿Por qué Cole había tenido que traer una sola colchoneta?

Acababa de colocar las sábanas en la colchoneta cuando apareció Zach con unos papeles en la mano y una expresión indescifrable en el rostro. Extraña.

–¿Qué pasa?

–Supongo que serás consciente de que los dos no podemos dormir ahí –dejó los papeles sobre el escritorio–. Mira, tomaré esta manta y dormiré en el suelo –le dijo al tiempo que recogía la manta ligera de algodón de la silla del escritorio.

–No estoy cansada –todavía no quería ocuparse de los preparativos para dormir. Tenía los nervios demasiado destrozados–. Estudiemos esos papeles que has traído.

Zach extendió la manta sobre el suelo y volvió con ella, que mientras tanto se había dedicado a colocar los

73

papeles sobre la mesa del escritorio, en un esfuerzo por distraerse de su presencia. La oficina ya era de por sí pequeña, pero ahora que sabía que iban a pasar horas allí, el espacio parecía cerrarse por momentos en torno a Ana. Se quedó mirando fijamente los papeles, apoyadas las manos en el borde del escritorio, muy cerca de las de Zach. No había un solo nombre o dato en el cual pudiera concentrarse para distraerse.

–… y dado que vamos a seguir adelante con la idea de la degustación de helados, la distribución de los asientos no será ningún problema.

Ana se obligó a concentrarse en el tema que tenía entre manos. Obligándose a escucharlo, asintió con la cabeza. Zach parecía haber resuelto el problema. Quien ahora tenía el problema era ella.

–Los nombres señalados en rojo son los de la gente que asistirá –le indicó una columna de nombres–. Los de verde todavía no han respondido a la invitación.

Ana se aclaró la garganta. Si él podía sobreponerse a la tensión casi eléctrica del ambiente, ella también. Recogió un pequeño cuaderno de su escritorio y se acercó a la colchoneta. Sentándose en ella, cruzó las piernas y se dedicó a tomar notas, esforzándose al mismo tiempo por guardar las distancias con Zach. No tuvo suerte, porque él se quitó las botas y se sentó a su lado, en la cama.

–¿Qué estás escribiendo ahora? –se acercó para echar un vistazo.

–Solo algunas ideas para Kayla. Yo…

–Estás temblando –le cubrió la mano con la que empuñaba el bolígrafo.

Ana mantenía la mirada clavada en el papel, prohibiéndose a sí misma mirar aquellos ojos de color chocolate. De repente, Zach alzó la otra mano para acercarla a la base de su cuello, allí donde le latía el pulso.

–El corazón te late muy rápido. ¿Estás asustada?

–Sería una estúpida si no lo estuviera –cerró los ojos, disfrutando de su sensual caricia–. Prometiste que no me presionarías.

–Yo creo que no te estoy presionando –sonrió–. Se diría más bien que tú estás disfrutando de mi persuasión.

Aquellos dedos viajeros subieron hacia su mejilla, para concentrarse en sus labios levemente entreabiertos.

–Te gusta que te toque, ¿verdad?

–Sí –susurró ella.

El bolígrafo escapó de su mano, rodando hasta su regazo. El cuaderno siguió el mismo camino.

–¿Por qué no dejas que tu cuerpo tome el mando? –musitó él, acercándose aún más.

Nada le habría gustado más que cederle el completo control de aquella situación… Pero no podía. Si cedía, por poco que fuera, temía que Zach la dejara anhelando algo de su persona que sabía nunca podría darle. Se levantó bruscamente de la colchoneta, casi tropezando.

–Esto no está sucediendo. No puede ser.

–Esto sucederá, Ana. Porque tú lo deseas tanto como yo y yo no pienso seguir privándote de ello. En una de estas ocasiones en que volvamos a quedarnos solos, perderás el control. Y yo estaré dispuesto y esperando.

–¿Siempre estás tan seguro de ti mismo?

–Siempre –su sonrisa era amenazadora.

Retrocedió otro paso cuando él se levantó y le tendió una mano.

–Vamos –le dijo de pronto–. Tengo una idea.

–¿De qué se trata? –lo miró, manteniendo las manos pegadas a los costados.

–Ya lo verás –se calzó las botas, le acercó las chanclas y recogió las llaves de su moto–. Alguna vez tendría que ser la primera, ¿no?

–No puedes hablar en serio –exclamó Ana una vez que salieron del remolque, al calor sofocante de la noche de Miami. Aunque era casi medianoche y nadie podía verlos, la idea resultaba sencillamente absurda.

Zach sonrió, cruzó los brazos sobre su amplio pecho y sacudió la cabeza.

–Este es el lugar perfecto para que aprendas a montar en moto.

–No hay manera de que pueda subirme a ese trasto, y menos aún conducirlo…

–¿Por qué no? Para todo en este mundo hay una primera vez –le tomó una mano y le cerró los dedos sobre el manillar.

–¿Hay algo que debería saber antes de montar?

Zach soltó una carcajada y le plantó un beso en la mejilla antes de rodear la moto para colocarse al otro lado.

–¿Montar? No, no hay gran cosa que necesites saber, aparte de cómo sentarte en ella antes de arrancarla. Acostumbrarte a sentir todo ese poder entre tus piernas.

–¿Vas a empezar otra vez con los dobles sentidos?

–Es la única manera que se me ocurre de que te relajes –se encogió de hombros–. Ahora sube.

–¿No necesito pantalones largos o botas?

Zach miró sus piernas desnudas y sus chanclas.

–Bah, no hace falta. El motor no se calentará apenas. Eso si llegas a arrancarla y te mantienes en ella.

–Ya. ¿Tan difícil es sentarse con esta cosa entre las piernas? –bromeó.

Zach se limitó a sonreír. Y la visión de aquellos blanquísimos dientes contrastando con su tez bronceada y la negra sombra de su barba la dejó aturdida. Agarrando firmemente el manillar, cruzó la pierna derecha sobre al asiento.

–De acuerdo, ¿y ahora qué?

Zach se hallaba de pie frente a ella, con los brazos cruzados sobre su impresionante pecho, el tatuaje de su bíceps asomando bajo la manga de su camiseta negra. Ana no pudo evitar preguntarse cuántos tatuajes más escondería su cuerpo.

–Intenta equilibrar la moto entre las piernas. Apoya bien tu peso sobre los dos pies.

Agarró con fuerza el manillar mientras lo hacía, pero sintió que basculaba hacia un lado con la moto.

–Oh, no…

Inmediatamente apareció a su lado, sosteniéndole las manos y evitando que cayera.

–Dios mío… –jadeó Ana–. No imaginaba que pesara tanto. No me lo pareció cuando antes me senté en ella detrás de ti.

Alzó la mirada para encontrarse con su rostro apenas a unos centímetros de distancia, la mirada clavada en sus labios entreabiertos.

–Eso es porque yo hacía todo el trabajo –le dijo con voz ronca.

–Ya no estamos hablando de motos, ¿verdad?

Zach sonrió, acercándose todavía más. Sus labios estaban ya apenas a un suspiro de los suyos.

–Me gusta el rumbo que estaban tomando tus pensamientos…

Ya no le dejó pensar más. Se apoderó de sus labios en un beso con el que Ana había estado soñando durante días. Y ya no se le ocurrió resistirse. Quería sentir aquella boca sobre la suya. No retiró las manos del manillar: Zach había entrelazado los dedos con los suyos. Su hombro todavía reposaba contra la dura pared de su pecho.

Con un ligero movimiento de lengua, la obligó suavemente a entreabrir los labios, aumentando el grado de intimidad del beso. ¿Cómo podía ser tan avasallador y exigente, y al mismo tiempo tan tierno y apasionado? De repente, para su sorpresa, le mordisqueó suavemente el labio inferior antes de apartarse. Ana abrió los ojos al tiempo que se humedecía los labios, como si quisiera memorizar su sabor.

–Zach, yo…

En esa ocasión alzó las manos para acunarle el rostro mientras volvía a apoderarse de su boca. Y Ana perdió por completo la noción de lo que había estado a punto de decirle. Quizá había querido pedirle que no fuera más allá de unos pocos y ardientes besos, o tal vez suplicarle que no se detuviera.

–No puedo parar, Ana. No puedo dejar de tocarte. No quiero presionarte, pero…

Le subió la blusa con una mano, y ella solo pudo gruñir un «sí» cuando sintió su cálida palma deslizándose primero por su abdomen y después por el sujetador de encaje.

–Esto es para ti –murmuró mientras recorría su piel con los labios, acercándose de nuevo a su boca.

Ana no tenía la menor idea de lo que quería decir, y él

tampoco se lo aclaró mientras continuaba asaltando sus hombros, su cuello y sus labios con la boca. Al mismo tiempo, le desabrochó rápidamente el pantalón y le bajó la cremallera. ¿Estaba todo aquello sucediendo en realidad? ¿Estaría ella realmente preparada? Si no era así, temía que fuera ya demasiado tarde y…

–Zach…

Se montó en la moto, detrás de ella.

–Shhh. Apóyate en mí, Ana.

Dejándose caer contra aquel duro pecho por el que habría dado lo que fuera para ver desnudo, Ana intentó relajarse. Pero las manos de Zach terminaron de abrirle el pantalón y una de ellas se deslizó en su interior.

Se tensó de inmediato, pero Zach le murmuró tranquilizadoras y cariñosas palabras al oído mientras le alzaba la blusa con la otra mano. Ana no sabía dónde poner las manos, así que las apoyó en sus muslos y se los apretó en el instante en que sintió la caricia de sus dedos en su entrepierna.

–Relájate, Ana. Todo esto es para ti.

Echó las caderas hacia adelante mientras se aferraba a sus musculosas piernas. Separando los muslos, hizo lo que le decía.

Zach utilizó las dos manos para hacerle cosas que ella jamás había creído posibles: de repente no supo ya si la estaba torturando o dando placer. Estaba segura de que no podría soportar ni un segundo más de agonía cuando empezó a convulsionarse. Un inefable placer la atravesó de parte a parte, inundándola por entero. No llegó a escuchar lo que él le susurró al oído. La barba de su mandíbula le raspó la mejilla mientras sus temblores empezaban a desvanecerse. La vergüenza amenazó con asaltarla, pero él, como era habitual, le adivinó el pensamiento.

–Te has mostrado tan receptiva… –sacó la mano de su pantalón para apoyarla en la cara interior de uno de sus muslos–. Este ha sido el momento más sensual de mi vida.

Ana cerró los ojos, deseosa de poder creer en sus palabras, pero consciente al mismo tiempo de que probablemente le diría lo mismo a todas las mujeres.

–Creo que ya he recibido suficientes lecciones –intentó apartarse, pero él se lo impidió.

–No te enfades.

–¿Con quién? –inquirió ella–. ¿Contigo o conmigo?

–Conmigo, por haberte enseñado un aspecto más de tu propio cuerpo,, y contigo, por pensar que has perdido el control –le arregló la ropa, incluso le abrochó el pantalón–. Algunas veces perder el control es positivo, Ana. Y de verdad que mi verdadera intención era enseñarte a montar en moto.

Ana le retiró las manos de la cintura y se bajó de la motocicleta como buenamente pudo, que no fue con mucha elegancia.

–Sí, bueno, pero esto no volverá a suceder. No puede ser. Es cierto que me atraes. Es algo obvio. Pero no podemos tener una aventura mientras dure este proyecto para que luego cada uno siga su camino. Yo no soy mujer de aventuras, y sé que es eso lo que quieres de mí.

No esperó a que contestara. Con las piernas convertidas en pura gelatina y el corazón latiéndole a toda velocidad, volvió al remolque. Después de lanzar sus chanclas contra una esquina, se tumbó en la colchoneta y se cubrió con la sábana.

Capítulo Once

Cuando el sol se alzaba en el cielo, Zach seguía despierto. Y excitado. Se había pasado las seis últimas horas maldiciéndose a sí mismo por haber incitado a Ana a hacer algo para lo que mentalmente no había estado preparada.

Nunca en toda su vida se había mostrado tan deseoso de dar placer a una mujer sin recibirlo a su vez. La intensidad con la que había ansiado hacerle gozar se había impuesto a cualquier incomodidad física propia, a cualquier frustración. Saber que quizá había estropeado cualquier posibilidad de acostarse con ella le dolía mucho más que su entumecida espalda, después de haber pasado toda la noche sentado y apoyado contra la pared, al pie de la colchoneta. Sí, la había visto dormir mientras se devanaba los sesos pensando en cómo podría hacerle comprender que no tenía nada de qué avergonzarse. Y sí mucho que descubrir.

Se levantó, recogió las botas y abrió la puerta, cuidadoso de no despertarla. Se sentó en el primer escalón y se calzó. Todavía era temprano: los obreros no llegarían hasta dentro de una hora. De ahí su sorpresa cuando un pequeño utilitario entró de pronto en el aparcamiento del recinto, levantando grava. Un hombre alto y de pelo oscuro bajó del coche. Había algo en su persona que le resultaba familiar, aunque estaba seguro de no haberlo visto antes.

–Buenos días –lo saludó el recién llegado mientras cerraba la puerta del coche–. No esperaba ver a nadie tan pronto, a excepción de mi hija. Es una madrugadora nata.

Su hija. Así que aquel era el padre de Ana. Zach lo odió de inmediato a la vez que se preguntaba qué diablos podía estar haciendo allí.

–¿Tú trabajas para Anastasia?

Cruzó los brazos sobre el pecho, arrepintiéndose de no haber despertado a Ana para que al menos estuviera preparada para una visita tan sorpresiva.

–Técnicamente es ella la que trabaja para mí. Soy el arquitecto, Zach Marcum.

No le tendió la mano. No tenía ningún deseo de estrechar la mano del hombre que de manera tan evidente había hecho tanto daño a Ana.

–¿Dónde está? –le preguntó entrecerrando los ojos, con las manos en las caderas.

Antes de que Zach pudiera responder, se abrió la puerta del remolque y Ana apareció en el primer escalón. De repente sus ojos, que habían empezado a escrutar el horizonte, se quedaron helados. Se apartó el pelo de la cara, cuadró los hombros y alzó la barbilla.

–Pasaba por aquí y me dije: voy a ver a mi hija.

Ana puso los ojos en blanco y apoyó las manos en las caderas.

–Ya me has visto, pero estoy segura de que no has venido para saber si estoy bien o no. ¿De cuánto dinero se trata esta vez? ¿Y qué es lo que estás haciendo en Miami?

Zach vio que los ojos del hombre se convertían en dos rendijas hostiles.

–¿No podemos hablar en privado?

Volviéndose hacia Zach, Ana negó con la cabeza.

–Zach no se marchará mientras no quiera. Si tú quieres algo de mí, ¿por qué no me lo dices directamente? ¿Cuánto debes esta vez?

–No me hables así, jovencita –dio un paso adelante, con lo que Zach se puso inmediatamente en alerta–. Sigo siendo tu padre.

–Tú nunca has sido un padre para mí –le espetó en un tono que Zach jamás le había oído antes. Su voz destilaba puro veneno–. Me alegro de que mamá entrara en razón y te abandonara. Aunque evidentemente le dejaste muy poca elección después de haber despilfarrado hasta el último céntimo de su patrimonio.

–Seguro que te llamó llorando. Mira, Anastasia…

–No –alzó una mano mientras terminaba de bajar los escalones–. Simplemente te enfada que me haya llamado y me lo haya contado… –se acercó a él–, porque sabes que ahora ya no cuentas con ella para convencerme de que te pague tus vicios.

–Solo necesito diez mil y te dejaré en paz –le pidió de pronto su padre, cambiando de tono–. Sé que tienes dinero; siempre has ahorrado hasta el último céntimo y llevas mucho tiempo en este negocio. Además, llevo varias semanas en Miami. Aquí es donde vienen los grandes jugadores. Sé que sacaré una buena tajada.

–No pienso darte ni diez céntimos –lo apuntó con el dedo, alzando cada vez más la voz–. Y ahora sal de aquí antes de que llame a la policía y te denuncie por haber entrado en una propiedad ajena.

Se hizo un prolongado silencio. La tensión hacía saltar chispas en el ambiente.

–No puedo creer que me estés haciendo esto…

–Si al menos por una vez hubieras simulado que mamá y yo te importábamos algo, te habría dado todo lo que me hubieras pedido –se le quebró la voz. El autoritario tono de hacía unos instantes se había desvanecido mientras afloraba su vulnerabilidad–. Si me hubieras dicho que me querías, si me hubieras demostrado que yo te importaba, te habría entregado todo lo que tengo sin dudarlo. Pero no solo te has jugado y perdido todo nuestro dinero y nuestro patrimonio: has hecho exactamente lo mismo con nuestras vidas. Ni mamá ni yo superaremos nunca que hayas destruido esta familia.

Se aclaró la garganta y Zach supo que estaba a punto de llorar. Quiso acercarse a ella, abrazarla y reconfortarla. Pero no sabía cómo, no sabía qué decirle. Aquel era un territorio completamente nuevo para él. Sabía una cosa, sin embargo: quería que el padre de Ana se marchara de una vez y la dejara en paz.

–Muy bien. Espero que puedas vivir contigo misma sabiendo que me has dado la espalda. Me quedaré en Miami otra semana mientras espero a que cambies de idea. No te eduqué para que fueras tan egoísta, Anastasia.

–No, claro. Tú no me educaste.

Su padre dio media vuelta, se subió al coche y abandonó el recinto, levantando una nube de polvo.

–Mi intención era levantarme antes –explicó Ana, volviéndose hacia Zach. Sacó una goma de un bolsillo y se recogió la melena con un nudo–. Necesito ir a mi apartamento para cambiarme y estar de vuelta antes de que lleguen los obreros. ¿Te importaría llevarme?

–¿Vas a fingir que estás bien cuando no lo estás?

–Tú no sabes nada sobre mí, Zach.

Consciente de que estaba pisando un terreno peligroso, intentó forzar la situación. No era un movimiento inteligente, pero siempre le había encantado correr riesgos.

–Eso no es cierto –rodeó la motocicleta y hundió las manos en los bolsillos, como para demostrarle que no pretendía hacerle nada–. Sé que estás dolida. Sé que te sientes vulnerable y que te arrepientes de lo que pasó anoche. Sé que lo último que necesitabas era despertarte para encontrarte con tu padre pidiéndote dinero.

Se la quedó mirando fijamente. Ana cerró entonces los ojos y una solitaria lágrima resbaló por su cremosa mejilla. Aquella tácita súplica le desgarró el corazón.

–Mis asuntos personales no te interesan –le espetó ella, con los ojos todavía cerrados como si quisiera reunir el coraje necesario para abrirlos–. ¿Te importa llevarme a mi apartamento?

Dado que se había estado muriendo de ganas de tocarla desde que apareció su padre, Zach dio un paso adelante y con la yema del pulgar le enjugó delicadamente el húmedo rastro de la mejilla.

–Sé que no quieres apoyarte en nadie, pero si quieres hablar, ya sabes que estoy a tu disposición.

Ana escrutó su rostro. Por un instante pareció como si fuera a abrirse, a desahogar lo que tenía acumulado dentro. Pero al final se retrajo, apartándose.

–Lo único que necesito de ti es que me lleves a mi apartamento.

***

Ana se cambió y estuvo de vuelta en el recinto antes de que apareciera el primer obrero. Tan pronto como se concentrara en el trabajo, tan pronto como no le quedara tiempo para pensar en la visita de su padre, sobreviviría a aquel día.

Pero, ¿a quién quería engañar? Estaba acostumbrada a que su padre se dejara caer siempre de la manera más sorpresiva para pedirle dinero. Si necesitaba concentrarse y permanecer ocupada era para no pensar en la única y maravillosa experiencia sexual que había disfrutado nunca, gracias a las hábiles manos de Zach. Por inexperta que fuera, tenía la fuerte sensación de que él le había puesto el listón muy alto. Tanto que ningún otro hombre podría alcanzarlo nunca.

«Estupendo», pensó, irónica. Eso era justo lo que no necesitaba. Y esa era también la razón última que explicaba que jamás se hubiera enredado con un hombre, y mucho menos que se hubiera dejado tocar de una manera tan íntima. Cerró la puerta del remolque y se quedó mirando las sábanas revueltas de la colchoneta donde había dormido. Sola. Había dado incesantes vueltas durante toda la noche, entreabriendo apenas los ojos para ver dónde se había metido Zach. Y se había sorprendido al verlo sentado en el suelo y apoyado contra la pared, observándola.

La quería. Tanto si lo admitía como si no, la quería. No habría podido mostrarse tan generoso y tierno con ella durante la noche anterior, sin esperar nada a cambio, si no hubiera sido así. Y no se habría quedado a su lado cuando apareció su padre, para luego ofrecerle un hombro sobre el que llorar, si su única intención hubiera sido robarle la virginidad.

Capítulo Doce

Ana estaba ya en su apartamento, recién duchada y con el pijama de pantalón corto puesto, a punto de cepillarse el pelo antes de acostarse, cuando llamaron a la puerta. Atravesó el dormitorio y el salón para asomarse a la mirilla. Zach. Por supuesto.

Había soportado bien su presencia durante la jornada en la obra. Pero al parecer ahora había escogido ir a verla a sabiendas de que la sorprendería en una situación mucho más vulnerable. Abrió la puerta, bloqueándole la entrada.

–¿Puedo entrar?

En el lapso de un segundo, desfilaron por su mente todas las razones por las que no debería permitírselo. Su vestimenta, o más bien su carencia de la misma; las fotografías que no quería que viera… Y sabía por supuesto que seguramente querría hablarle de que lo había ocurrido entre ellos la pasada noche, así como de la discusión con su padre de la mañana.

–No es buen momento.

–Si esperara un buen momento –esbozó una sensual sonrisa–, nunca me dejarías entrar.

–Probablemente no.

–Por favor… –le pidió, ya serio.

–No estoy vestida para recibir a nadie.

–Si te prometo que me comportaré, ¿me dejarás entrar?

Mordiéndose el labio, abrió la puerta y le dejó entrar.

–Voy a ponerme algo encima. Ahora vuelvo –le dijo, pasando por delante de él y entrando en el dormitorio.

Afortunadamente, todas sus fotos personales estaban sobre la mesilla y la cómoda. Solo tenía que mantener a Zach en el salón. Sacó una camiseta de talla grande del primer cajón y se la estaba poniendo encima del pijama cuando él entró en el dormitorio.

–No quería molestar –tomó tranquilamente asiento en la mecedora, junto a la ventana–. Pero hoy, en la obra, no disfrutamos de la intimidad suficiente.

Ana, incómoda, apoyó una cadera en el alféizar.

–Lamento que tuvieras que ser testigo de la desagradable conversación familiar de esta mañana. Te agradecería que no le contaras a nadie lo que has visto. Mi padre tiene un problema con el juego.

–Ya me lo imaginaba.

Se quedó recostado en la mecedora, observándola.

–No me siento orgullosa de haber pagado siempre sus deudas –continuó, desviando la mirada hacia la ventana–. Solo lo hice porque quiero a mi madre y porque ha vivido un matrimonio horrible. Pero ahora que ya lo ha dejado, no me importa lo que pueda pasarle. Sé que suena cruel –susurró–, pero no le quiero. Es mi padre, sí, pero nunca me quiso. La primera vez en mi vida en que me prestó atención fue cuando empecé a ganar dinero. De repente se mostró muy interesado por mi trabajo, o al menos eso me pareció. Qué ilusa.

Zach le tomó las manos entre las suyas.

–No hay nada malo en desear que te quiera tu padre, Ana. Eso es algo que nadie debería suplicar, ni por lo que tener que pagar.

Sintió que los ojos le ardían, conforme las lágrimas le subían por la garganta.

–Tienes razón, pero eso no evitó que le entregara dinero cada vez que acudía a verme. De alguna manera, en el fondo, siempre pensé que quizá eso le haría sentirse orgulloso de mí.

No sabía por qué le estaba contando todo aquello. Pero una vez que había empezado, era como si no fuera capaz de detenerse.

–¿Sabes? Cuando era niña, yo siempre quise tener un perro –liberó las manos y se puso a pasear por la habitación–. Oía a mi madre suplicándole que me dejara tener uno, pero mi padre le decía que lo último que necesitaban era otra criatura que dependiera de él… –se sentó en la cama con las piernas cruzadas, mientras los recuerdos seguían aflorando–. No volví a pedir el perro porque, justo después de aquello, oí a mi madre llorar en el baño. Yo era muy pequeñita, pero sabía que ella era a la única de los dos a la que quería.

–¿Por qué tardó tanto en dejarlo? –quiso saber Zach.

–Al principio yo pensé que era porque se había quedado embarazada nada más casarse y dejó de trabajar en la empresa de mi abuelo para quedarse en casa. Luego, ya de mayor, creo que mi madre tenía miedo de empezar una nueva vida ella sola, sin trabajo y teniendo que mantenerme. No lo sé.

Al ver que se levantaba de la mecedora, Ana pensó que iba a consolarla. En lugar de ello, se acercó a la mesilla para tomar una pequeña fotografía enmarcada. Tan abstraída se había quedado revelándole sus secretos de familia, que se había olvidado por completo de los retratos.

Pero en aquel momento Zach estaba sosteniendo una en la mano y, por mucho que se arrepintiera de haberle dejado entrar en su dormitorio, sabía que acababa de dar un paso de gigante en la conquista de su corazón.

Zach estudiaba la foto de la niña dulce e inocente que había sido Ana en compañía de una mujer que por fuerza tenía que ser su madre. Ambas sonreían a la cámara, pero sus miradas estaban vacías. Tristes.

–Desde luego has heredado la belleza de tu madre –le dijo, intentando hacerle pensar en algo positivo–. ¿Qué edad tenías?

–Siete.

Dejó lentamente la foto en su lugar mientras paseaba la mirada por las demás. Había otra de Ana y de su madre, bastante posterior, en la que aparecían sonrientes, sentadas del brazo en la playa. Pero fue la tercera la que más llamó su atención.

–¿Es tu abuelo? –señaló una vieja instantánea en la que aparecía Ana, apenas un bebé, al lado de un hombre.

–Sí. Era el mejor.

Zach sonrió mientras contemplaba a la niña sentada en la excavadora, con los tirabuzones rojizos asomando bajo un casco de obra que le quedaba enorme. Su abuelo estaba de pie junto al vehículo, sujetándola con una mano grande y morena posada sobre sus rodillas.

–Él me enseñó todo lo que sé –le confesó–. Nunca me he sentido más sola que cuando murió. Me costó muchísimo seguir trabajando, sabiendo que ya no podía recurrir a él en busca de consejo. Pero fue mi madre la que se tomó peor su muerte, porque mi padre nunca estaba en casa y yo ya viajaba por todo el país de obra en obra.

Y dispuesta a firmar el siguiente cheque que enviar a su padre para mantener vivo su vicio y garantizar al mismo tiempo a su madre un techo sobre su cabeza. Zach le adivinó el pensamiento, pero no quería intervenir en un tema tan delicado.

—No te castigues a ti misma por culpa de los errores de los otros.

—No me estoy castigando a mí misma —alzó bruscamente la mirada—. Es que me enfada pensar en todo lo que ha tenido que soportar mi madre porque mi padre no podía controlarse en ningún aspecto.

—Tu madre es una mujer adulta, responsable de sus propios actos, Ana —se sentó a en la cama, a su lado—. Deprimiéndote por todo esto no ayudarás a nadie, y menos a ti misma. Hoy le plantaste cara a tu padre: o se corrige o pagará las consecuencias. En cualquier caso, no está en tu mano.

Se lo quedó mirando fijamente antes de levantarse para acercarse a la ventana, de espaldas a él.

—Lo siento —murmuró Ana en voz baja—. No tenía intención de deprimirme tanto, te lo aseguro. Pero es que con la visita de mi padre de esta mañana, me temo que no soy la mejor compañía en este momento.

—Entonces hablemos de lo de anoche.

—¿Qué es lo que hay que hablar? —le preguntó, repentinamente tensa—. Sucedió, pero no volverá a suceder.

Zach se levantó y recorrió lentamente la distancia que los separaba.

—Cuando hablas así de rápido, sé que estás nerviosa. Lo que me hace sospechar que no crees realmente en lo que acabas de decir.

–No tienes que recordarme que me siento atraída por ti… y sí, lo de anoche lo demuestra. Pero somos muy diferentes, Zach. Yo necesito algún tipo de compromiso e incluso aunque no lo necesitara, no puedo dividir mi tiempo entre el proyecto más ambicioso que he asumido nunca y algo tan personal e íntimo como esto.

–Esa es precisamente la razón por la que yo soy perfecto para ti –posando las manos sobre sus finos hombros, la obligó a volverse–. Soy insistente, ya lo sabes. ¿Qué sentido tiene luchar contra algo que los dos queremos? De todas formas, para cuando termine este proyecto, nos habremos acostado. Prolongar lo inevitable no cambiará el resultado final.

Vio que sus cremosas mejillas enrojecían de golpe.

–No sé por qué te deseo tanto… Eres muy sexy, desde luego, pero cuando sacas toda esa arrogancia tuya me recuerdas todas las razones por las que no quiero que me gustes.

Atrayéndola hacia sí, la miró fijamente a los ojos.

–No me importa que te guste o no, Anastasia. Me importa que me desees.

Y se apoderó de su boca, sin tomarse la molestia en mostrarse tierno: solo exigente. No conocía otra forma. Aquella mujer llevaba semanas volviéndole loco. Lo tenía pendiente de un hilo. Ana deslizó los dedos por su pelo, sujetándolo como si no quisiera que se le escapara. Soltó un gemido cuando él le mordisqueó ligeramente el labio.

Sí, no había manera de que desapareciera aquella urgencia por poseerla. Su deseo por ella crecía cada vez que la veía, que la tocaba. Sus manos viajaron por su espalda por encima de la holgada camiseta y el pantalón corto.

Qué no habría dado por arrancarle toda aquella ropa y demostrarle lo muy arrogante que era. No era un hombre tranquilo y sereno, nunca lo había sido en circunstancias tan íntimas como aquellas, pero sabía que Ana necesitaba en su vida alguien que sí lo fuera. Y él estaba dispuesto a serlo. Por mucho que le doliera, literalmente, se apartó y la tomó de los hombros.

–Esto es lo último que necesitas ahora –le dijo de pronto.

–Pues yo creo que sí que lo necesito –parpadeó, confundida.

–Lo crees. No es suficiente. Cuando lo sepas de seguro, ven a buscarme.

Se giró en redondo, abandonó el apartamento y llamó al ascensor antes de que tuviera tiempo de arrepentirse. Nunca antes había rechazado a una mujer en la que hubiera estado interesado. Obviamente, en su intento por seducirla y derribar sus defensas, Ana había conseguido demoler las suyas por sorpresa, inadvertidamente.

Capítulo Trece

Al cabo de cuatro irritantes semanas, Ana estuvo en condiciones de estrangular a Zach Marcum. O eso o lo arrastraba al interior de su oficina y le obligaba a terminar lo que había empezado a lomos de su motocicleta un mes atrás.

Ciertamente, si él no se hubiera retirado a tiempo la última vez, ella se lo habría consentido todo, se habría prestado a cualquier cosa que le hubiera pedido. Pero se había marchado y, con su marcha, la había dejado perpleja y confundida.

Mientras pensaba en él, jugueteaba nerviosa con la invitación al homenaje a Tamera que se celebraría aquel mismo día. Por alguna desquiciada razón, Kayla la había invitado al evento. Era algo realmente estúpido, ya que apenas conocía a Tamera. Pero Kayla se había mostrado tan entusiasmada con su idea de la degustación de helados que había insistido en invitarla. Era por eso por lo que en aquel momento se miraba una y otra vez en el espejo de cuerpo entero de su dormitorio, ataviada con uno de los últimos vestidos de su guardarropa. El vestido violeta sin tirantes, largo hasta la rodilla, sería una opción digna para la fiesta de homenaje a Tamera.

Antes de que tuviera tiempo de arrepentirse, recogió su regalo y su bolso y salió rumbo a lo que estaba segura sería un día especialmente intenso. Cuando salía del edificio, dispuesta a pedirle al portero que le consiguiera un taxi, un chófer bajó de un impresionante Jaguar negro y se acercó a ella.

–¿Señorita Clark? Me envía el señor Marcum –abrió la puerta trasera, invitándola a subir–. Me dijo que asistiría usted a una fiesta y quería asegurarse de que llegara a su destino sin problemas.

Se quedó paralizada por un momento antes de avanzar hacia el coche.

–¿Zach le envió a recogerme?

–Efectivamente.

Un nuevo gesto de galantería de Zach Marcum. Si aquel hombre no quería realmente que las mujeres cayeran rendidas a sus pies, ¿por qué entonces insistía en gestos tan románticos como aquel? Pero ese era un asunto que carecía de sentido discutir con el amable chófer.

–Gracias.

El refrescante aire acondicionado le dio la bienvenida mientras se hundía en la mullida tapicería. Zach no le estaba poniendo las cosas fáciles, y ella tenía la sensación de que lo sabía perfectamente. Quería que fuera ella la que acudiera a él, suplicando. Pero lo cierto era que ya estaba a medio camino de enamorarse, y si le ofrecía la menor muestra de vulnerabilidad, no habría vuelta atrás. Lo que quería decir que cuando se marchara, no tendría a nadie a quien culpar de su corazón roto más que a sí misma.

Zach no había faltado ni un solo día a la obra, si bien su comportamiento había sido estrictamente profesional. Cualquier mujer en su lugar habría pensado que había perdido todo interés por su persona, pero no era así. Muchas veces había sentido su mirada clavada en ella, o percibido su contención cuando parecía como si quisiera decirle algo. No, no había renunciado a ella. En realidad estaba empezando, tramando el siguiente paso de su plan de seducción, o de ataque, según se mirara.

La limusina llegó por fin a Star Island. Dado que Kayla había pensado en una fiesta más bien íntima y de pequeñas dimensiones, aunque suntuosa, había escogido la casa de Cole y de Tamera. El lugar perfecto, teniendo en cuenta que la boda se celebraría también allí. El chófer bajó para abrirle la puerta y, galantemente, la ayudó a bajar.

—Gracias por haberme traído.

—Ha sido un placer, señorita. Esperaré aquí hasta que esté lista para marcharse.

—Oh, no… No es necesario. Ya encontraré la forma de volver.

—Yo solo cumplo órdenes.

—Pero podría quedarme aquí horas.

—Eso no será ningún problema, señorita Clark.

Subió de nuevo al coche y lo apartó de la entrada. Ana se quedó paralizada por un momento: impresionada, confusa y aturdida. Hasta que, sacando el móvil del bolso, llamó a Zach. Esperó a la sombra de la enorme mansión, porque hacía mucho calor y todavía no estaba preparada para entrar. No cuando necesitaba intimidad para aquella llamada.

—Hola.

Agarrando el teléfono con una mano y, sujetando el regalo con la otra, dio la espalda al coche que acababa de detenerse frente a la entrada.

—Deja de enviarme señales contradictorias.

–¿Ya estás en la fiesta?

–Sabes que sí –le espetó–. Seguro que tu chófer ya te lo ha dicho. Ahora se quedará aquí esperando a que me marche.

–Por supuesto. Es un chófer, Ana: es su trabajo. ¿Qué tiene de malo?

Miró por encima del hombro cuando dos mujeres de mediana edad bajaron del coche que acaba de detenerse a su lado, cargadas de paquetes. Bajando la voz, replicó:

–Llevas semanas comportándote conmigo de una manera estrictamente profesional y hoy me envías un chófer para que me recoja.

–Ana, yo solo pensé que agradecerías poder marcharte de allí cuando quisieras. No conoces a casi nadie. Mi intención era que pudieras tener una vía de escape si llegabas a sentirte incómoda.

Un nuevo gesto que volvía a derretirle el corazón, pese a saber que, para él, aquello era algo tan sencillo como lógico. Y sin embargo nadie le había demostrado nunca una solicitud semejante. Se tragó el nudo que le subía por la garganta.

–Veo que te preocupas por mí.

Escuchó una cálida risa al otro lado de la línea.

–Por supuesto.

–Pero hace semanas que no me tocas, ni me llamas ni me visitas después del trabajo. Tu relación conmigo es exclusivamente profesional –suspiró, nada cómoda por tener que hacerle aquella confesión–. Contigo no estoy segura de nada. Ya no sé qué pensar.

Odiaba admitir aquello, pero siempre había sido sincera en todos los aspectos de su vida, y no iba a dejar de

97

serlo solo porque Zach hubiera puesto su mundo patas arriba.

–¿Es eso lo que quieres, Ana? ¿Que te toque? ¿Que pase a visitarte después del trabajo, cuando sepa que estás sola?

Otro coche se detuvo frente a la entrada mientras un estremecimiento le recorría todo el cuerpo.

–Sí. Pero creo que por el bien de nuestro proyecto y por nuestra cordura, deberíamos mantener las distancias en lo personal.

–Tú no eres ninguna cobarde, Anastasia.

Nunca lo había sido, cierto. Pero tampoco nunca había arriesgado tanto su corazón.

–Gracias por enviarme el chófer, Zach.

Cortó la llamada y volvió a guardarse el móvil. Con el regalo bajo el brazo, cuadró los hombros y empezó a subir la escalinata del portal.

Mujeres de exquisita elegancia, ataviadas con preciosos y coloridos vestidos, charlaban y reían. Un par de niños pequeños corría por el vestíbulo, seguidos por alguna madre que se deshacía en disculpas mientras intentaba darles caza. Ana sonrió mientras se internaba en la casa con la esperanza de encontrar a Kayla o a Tamera, y ver dónde estaban depositando los regalos. Tuvo suerte, ya que nada más salir al jardín, Kayla se acercó a saludarla, toda sonriente.

–Ana, me alegro tanto de que hayas podido venir…

–Gracias por la invitación. ¿Dónde pongo esto? –le preguntó, señalando su regalo.

–Yo me encargo –se lo quitó de las manos para llevarlo a la mesa donde se amontonaban cajas y paquetes de todos los tamaños y formas.

–Está todo precioso… –Ana admiró el exuberante jardín tropical antes de volverse hacia Tamera, que se había acercado a ellas–: Felicidades.

La despampanante rubia rebosaba de alegría.

–Gracias. Sí, está saliendo todo a pedir de boca, y tengo entendido que es a ti a quien debo dar las gracias por tan imaginativa idea. Me encanta esta atmósfera tan relajada, y lo de los postres y los helados ha sido sencillamente brillante. En serio, te estoy enormemente agradecida.

–En realidad no es para tanto –azorada, Ana se encogió de hombros–. Zach estaba muy apurado, Kayla tuvo que ausentarse por un compromiso y dio la casualidad de que yo estaba disponible. Fue una simple sugerencia.

Tamera se la quedó mirando y, por un instante, Ana se sintió como si fuera un insecto observado a través de un microscopio. Se volvió hacia Kayla, pero en ese momento la joven estaba guiando a unos invitados hacia la mesa de los regalos.

–Zach me comentó lo muy eficiente que eres –le dijo Tamera, sin dejar de sonreír–. La verdad es que hacía tiempo que no lo veía de tan buen humor. Y, ahora que lo pienso, creo que lleva dos meses sin salir con nadie, que yo sepa. Eso es todo un récord para él. A no ser que…

–No –se apresuró a negar Ana, sacudiendo la cabeza–. Trabajamos juntos, y es verdad que hemos hecho amistad, pero eso es todo.

Tamera esbozó entonces una sonrisa astuta, como si le hubiera leído el pensamiento.

–Yo sé cómo funcionan los gemelos Marcum. Cole es tan decidido como Zach, pero más tranquilo, más sutil. Zach es mucho más impetuoso. Pero el efecto final es el mismo, así que, si alguna vez tienes ganas de hablar, estoy a tu disposición.

Ana no pudo hacer otra cosa que asentir con la cabeza. ¿Qué podía decirle? ¿Que ya había experimentado aquella impetuosidad?

–Ana –Kayla volvió a aparecer a su espalda–. Los helados están en aquella habitación, a la izquierda. Las tartas las hemos puesto en el salón. Y ahí fuera están los otros postres: bombones, frutas bañadas en chocolate… –señaló las mesas–. Si necesitas algo, no vaciles en pedirlo.

–Creo que acabo de ganar cinco kilos solo de escuchar el menú –bromeó Ana–. Me daré una vuelta a ver qué es lo que me apetece más.

–Oh, acabo de ver a uno de mis clientes –dijo Tamera–. Perdonadme un momento.

Kayla terminó paseando con Ana, ofreciéndole de paso la oportunidad de que le preguntara por Zach. Pero no lo hizo. Disfrutaba realmente con su compañía y no quería pecar de egoísta o manipuladora, por mucho interés que tuviera por saber más cosas de su vida. La fiesta de homenaje fue un completo éxito. Ana perdió la noción del tiempo y ni una sola vez pensó en Zach o en su decisión de mantener las distancias con él a nivel personal. Por una vez se sintió cómoda y acogida.

Poco a poco las invitadas se fueron retirando hasta que al final solo quedaron Kayla, Tamera y Ana, cada una con una copa de champán en la mano, las tres recostadas en el largo sofá.

–Si Cole se presentara ahora mismo, le daría un ataque –comentó Tamera, haciendo girar su copa mientras contemplaba el desorden de la sala.

Ana miró los papeles tirados por el suelo, las cintas rotas, la gran cantidad de cajas vacías. Y se echó a reír.

–Es como una mañana de Navidad.

–Espero tener una mañana de Navidad como esta –rio también Kayla–. Me alegro tanto por los dos, Tam. Mi hermano es muy afortunado.

–Los dos lo somos –la corrigió Tamera–. Nunca imaginé que encontraría el amor por segunda vez, y mucho menos con el mismo hombre.

Ana había escuchado algún que otro retazo de aquella historia: cómo se habían separado dramáticamente para reunirse de nuevo. El brillo de felicidad de los ojos de Tamera hablaba por sí solo.

–¿Tú has estado enamorada alguna vez, Ana? –le preguntó de pronto Kayla.

–No lo creo –bebió un sorbo de champán–. Creo que nunca he desarrollado ese sentimiento por nadie.

Ambas mujeres se la quedaron mirando fijamente. Y Ana interpretó aquel silencio como estímulo para que siguiera hablando.

–He tenido algunas relaciones, pero dadas las características de mi trabajo, me resulta difícil establecer algún tipo de compromiso. Nunca he encontrado a nadie con quien quisiera profundizar en una relación.

–Hasta ahora –apuntó Kayla con una dulce sonrisa.

Ana no supo qué decir, así que las palabras de la hermana de Zach permanecieron flotando en el aire como una pregunta sin responder. Aunque la sonrisa de ambas mujeres sugería que ellas ya sabían la respuesta. Fue Tamera quien rompió el silencio:

–Si el tipo te vuelve loca y feliz al mismo tiempo, si

hace cosas inesperadas que te enternecen sin esperar nada a cambio... entonces yo diría que es amor.

Ana bajó la copa y, con mano temblorosa, la dejó sobre el posavasos de la mesa que tenía delante. El torrente de emociones, lo sentía. Lo de que la volvía loca y feliz al mismo tiempo, también. Gimió para sus adentros.

–No tienes por qué decir nada –la consoló Tamera–. Y, créeme: tu secreto estará a salvo con nosotras.

Kayla bajó entonces su copa y fue a sentarse en el sofá al lado de Ana.

–Oh, cariño, no llores...

No había tomado conciencia de que estaba llorando hasta que sintió una lágrima resbalarle por la mejilla.

–Lo siento, de verdad que no lo había sabido hasta ahora. Quiero decir que me había estado preguntando por lo que sentía, pero cuando os he oído hablar del amor...

–Zach tiene mucha suerte –sonrió Tamera–. Y estoy segura de que lo que siente por ti es algo muy profundo.

–No, no. Él me ha dejado claro que es hombre de aventuras, no de relaciones.

–Quizá no –reconoció Kayla–, pero nunca había durado tanto tiempo sin salir con nadie. Y puedo asegurarte que jamás lo había visto tan feliz.

–Yo ni siquiera puedo permitirme pensar esas cosas –Ana se levantó del sofá–. No si lo que quiero es no terminar sufriendo.

–El amor nunca es fácil –repuso Tamera, bajando los pies al suelo y levantándose también–. Pero al final todo merece la pena. Cole y yo recorrimos el camino más difícil. Once años después, por fin vamos a casarnos. Si sientes algo por Zach, díselo. No dejes que el tiempo os distancie. Se trata de tu vida: si quieres aprovecharla, tendrás que correr riesgos.

El simple pensamiento de sincerarse con Zach le revolvía el estómago. Indudablemente habrían sido muchas las mujeres que le habían confesado su amor con el paso de los años.

–No pienses demasiado –Kayla le tomó las manos–. Puede que mi hermano tenga fama de mujeriego, pero tiene un corazón de oro y jamás te haría daño deliberadamente.

Ana la miró fijamente a los ojos a la vez que le apretaba las manos, agradecida.

–Ya lo sé. Es el daño que me podría hacer sin querer lo que me asusta.

Capítulo Catorce

Zach no sabía qué hacer con Ana. Últimamente estaba muy nerviosa. Hablaba muy rápido, sin decir nada en particular. Él no le había hecho comentario insinuante alguno, no había intentado tocarla y ciertamente tampoco se había permitido el lujo de quedarse a solas con ella. Y eso lo estaba matando.

Había transcurrido una semana entera desde la fiesta de homenaje y, desde entonces, Ana no había vuelto a ser la misma. Había preguntado tanto a Kayla como a Tamera si le había sucedido algo, pero las dos se habían limitado a sonreír sin pronunciar palabra. Lo cual quería decir que, efectivamente, había sucedido algo tremendamente importante, y que además se había convertido en un secreto entre las tres mujeres. Se estremeció: nada le daba más miedo que una mujer guardando un secreto.

Se decidió por el todoterreno y no por la moto, dada la especial entrega que tenía que hacer a la señorita Anastasia Clark. Ese domingo quería ver a Ana luciendo una genuina y enorme sonrisa. Quería sorprenderla, ganarse su confianza para que pudiera rendirse al deseo que estaba a punto de estallar entre ellos. Una vez que tuvo el regalo en el asiento de al lado, puso rumbo a su apartamento. Le inquietaba que pudiera no gustarle o que leyera demasiadas cosas en aquel gesto suyo, pero no había podido resistirse.

No le había preguntado, y ella no se lo había dicho, si

su padre había vuelto a ponerse en contacto. Zach ya había puesto en marcha su plan de asumir todas las deudas de su padre, con la condición de que nunca más volviera a llamarla o acercarse a ella por razón alguna. Su abogado había resuelto todo el papeleo, de manera que ahora solo tenía que esperar a que el acuerdo fuera firmado. Pero no deseaba molestarla con eso en aquel momento. La llamó al móvil nada más aparcar en su puerta.

–¿Puedes bajar? Estoy aparcado justo en la puerta.

–Claro. ¿Pasa algo malo?

–Oh, no. Pero bájate el bolso porque pienso llevarte a un sitio.

–Umm… de acuerdo. Dame unos minutos.

Cinco minutos después, se abrieron las puertas del vestíbulo y apareció Ana luciendo una camiseta blanca de tirantes y unos tejanos cortos, de bordes deshilachados, que revelaban sus bronceadas y bien torneadas piernas. Se había recogido la melena por detrás, en una cascada de rizos. Estaba sencillamente adorable.

Escondiendo la sorpresa detrás de la espalda, se estiró para abrirle la puerta.

–¿Seguro que no se trata de nada malo? –le preguntó ella nada mas subir al todoterreno–. No habrán vuelto a allanar la oficina, ¿verdad?

Sin pronunciar una palabra, sonrió y le mostró el regalo.

–¡Oh, Dios mío!

–¿Te gusta? –le preguntó, sosteniendo el peludo cachorrito.

Vio que se le iluminaba la expresión mientras acunaba amorosamente contra su pecho la bolita de pelo blanquinegro.

–Oh, Zach, me encanta, es precioso... ¿Es tuyo? No sabía que tuvieras un cachorro.

–Lo acabo de comprar.

–Cuando te mencioné que quería tener un perro, tú nunca me dijiste que también querías tener uno –sonrió.

Zach arrancó de nuevo y puso rumbo a su casa. Un lugar al que nunca había llevado a ninguna de sus mujeres.

–Yo no quiero tener un perro, pero tú sí. Me lo dijiste dos veces. Es para ti.

–Pero Zach... no puedes comprarme un perro solo porque un día te dijera que... No podré tenerlo en el apartamento. Seguro que está prohibido, y además no voy a quedarme allí toda la vida.

–Se quedará en mi casa. Pero mientras dure este proyecto, será tuyo.

Desviando la mirada de la carretera por un momento, vio que se mordía el labio, con los ojos llenos de lágrimas. Agarró con fuerza el volante en medio de un tenso silencio. No quería leer la gratitud en sus ojos, no quería que lo mirara como si fuera una especie de héroe.

–No es para tanto –le dijo–. Nada más verlo en el albergue para perros, me dije que necesitaba un buen hogar.

–¿Fuiste a un albergue para perros abandonados?

–Sí, ¿por qué?

–Yo habría pensado que preferirías comprar uno de raza. Con pedigrí.

–Que tenga dinero no significa que me haya olvidado de mis orígenes –abandonó la autopista–. Nuestra familia no tiene pedigrí alguno, Ana. Mis padres murieron cuando casi todos estábamos todavía en el instituto y tuvimos que trabajar duro cuando nos fuimos a vivir con la abuela, que ya era muy mayor. No veo razón alguna para tirar el dinero cuando hay perros por ahí necesitados de un hogar y de gente que los quiera.

«Dios mío», pensó. Lo único que había hecho Ana era preguntarle por el perro y él acababa de soltarle un sermón como si fuera un comercial de la Sociedad Protectora de Animales.

–No sé qué decir –murmuró ella con voz llorosa–. Nunca nadie había tenido conmigo un gesto tan… tierno.

Cada vez más incómodo, Zach sonrió.

–¿Qué tal si le pones un nombre?

Dejó de abrazar al cachorrito para estudiarlo detenidamente.

–De niña siempre quise tener un perro grande que se llamara Jake.

–Bueno, el empleado del albergue me aseguró que era un cruce de San Bernardo, así que supongo que será bastante grande –rio–. Y Jake me parece un buen nombre. Se me ocurrió que podíamos llevarlo a casa, para que fuera acostumbrándose.

–¿Pero qué harás con él cuando yo me vaya? –quiso saber Ana.

–Conservarlo, por supuesto. Pero, por ahora, es tuyo.

Minutos después avanzaba por el elegante sendero de entrada de su casa, flanqueado de palmeras. Tenía que admitir, aunque solo para sí mismo, que no estaba preparado para pensar en la marcha de Ana. Ese y no otro tenía que ser el motivo del nudo de emoción que se le había formado en la garganta. ¿Desde cuándo se había vuelto tan sentimental?

–Tienes una casa preciosa –comentó Ana mientras él aparcaba el todoterreno en el garaje de cuatro plazas.

Zach apagó el motor y bajó con las bolsas de provisiones que había dejado detrás del asiento.

–Gracias. Estoy buscando el terreno perfecto para construirme yo mismo una, pero todavía no lo he encontrado. Me gustaría quedarme en Miami –la ayudó a bajar del vehículo.

Contempló el edificio de tres plantas decorado con estuco beis, provisto de un elevado porche de columnas blancas. Sí, estaba bien, pero él quería cambiar. Mejorar siempre. Siguieron al perro, que se dirigía a un lateral de la casa. De repente se preguntó por lo que estaría pensando y sintiendo. ¿Recordaría que la pelota seguía en su tejado, a la espera de que se decidiera a profundizar en su relación personal? Aquella espera lo estaba matando, pero sabía que el premio, la propia Ana, merecería la pena.

–¿Irás a la boda de Cole, verdad? –le preguntó.

Alzó la mirada hacia él, protegiéndose los ojos del sol.

–No había pensado en ello. ¿Por qué?

–Es el fin de semana que viene –de repente ya no se mostró tan confiado. ¿Por qué tenía aquella mujer la capacidad de minar su coraje? ¿Y por qué en ese instante estaba conteniendo el aliento, mientras reunía fuerzas para formular su siguiente pregunta?–. ¿Te gustaría acompañarme?

–No creo que fuera una buena idea –retrocedió.

–Es una idea estupenda –insistió él, acercándose–. Trabajamos juntos, nos vemos fuera de horas de trabajo. Has causado una buenísima impresión a Tamera y a Kayla. ¿Por qué no deberías ir?

–Una boda es algo muy personal, un acontecimiento reservado a familiares y amigos íntimos.

Antes de que pudiera seguir retrocediendo, Zach se lo impidió, tomándola suavemente de los hombros.

–Tú eres una amiga, Ana. Y yo quiero que intimemos aún más.

En un impulso, la besó. La apretó contra sí, abrazándola de la cintura: sus cuerpos parecían encajar perfectamente. Ella le echó los brazos al cuello.

–Dios mío, te deseo tanto… –murmuró contra sus labios.

Ana le acunó entonces el rostro entre las manos, para mirarlo fijamente.

–Sé que te estoy volviendo loco de tanto esperar. Yo también me estoy volviendo loca, pero necesito estar segura. ¿Puedes entenderlo?

Acostumbrado como estaba a correr riesgos desde siempre, no lo entendía, pero estaba dispuesto a intentarlo. Cuando finalmente poseyera a Ana, querría tener más de una noche para explorar su cuerpo, para enseñarle cosas, para venerarla. No quería que se arrepintiera después.

–Ven a la boda conmigo.

Ana lo besó delicada, tiernamente.

–Está bien, iré –se apartó–. Y ahora, ¿qué te parece si metemos a Jake dentro y le damos de comer?

Zach sonrió. Nunca antes había tenido que suplicar por una cita, pero tampoco nunca se había sentido tan entusiasmado por la perspectiva. Se moría ya de ganas de que llegara el día de la boda. Una vez que hubiera terminado la ceremonia y el banquete subsiguiente, sabía que Ana dejaría de resistírsele. No podría seguir haciéndolo

con aquella atmósfera de amor y cariño envolviéndolos…
y el hecho de que tanto la familia como unos cuantos amigos afortunados estarían invitados a pasar la noche en la mansión de Star Island.

Zach aceleraba a fondo su Harley. Por fin se había efectuado una detención relacionada con el allanamiento de la oficina de un mes atrás, y dado que aquel día no se había pasado por las obras, había decidido ir a comunicárselo a Ana en persona. Le sorprendió no encontrarla en la obra, así que se dirigió a la oficina. Estaba vacía. Volvió a salir y se acercó a uno de los obreros.

–No está aquí, señor Marcum –le dijo el hombre, todo sudoroso–. Tuvimos que llamar a una ambulancia.

–¿Una ambulancia? –exclamó, presa del pánico–. ¿Está herida? ¿Se ha caído?

–Se ha deshidratado. Se la llevaron hará unos diez minutos. Aquí fuera hace un calor de mil demonios y ella siempre está insistiendo en que bebamos lo suficiente. Supongo que se olvidó de hacerlo ella misma.

–Si necesitáis algo, llamadme al móvil –dijo, corriendo de regreso a la moto–. Voy ahora mismo al hospital.

Sin perder el tiempo, arrancó la Harley y llegó al hospital en un tiempo récord. Maldijo para sus adentros. ¿Cuántas veces le había recordado que no estaba acostumbrada a un calor como el de Miami? Furia, preocupación, miedo: todos esos sentimientos lo acompañaron en el camino hasta la sala de urgencias. Después de haber mentido a la enfermera diciéndole que era un familiar, le dejaron por fin entrar en la habitación.

Ana, vestida todavía con su camiseta blanca, sus tejanos cortos y sus botas, descansaba conectada a una bolsa de suero, atendida por una enfermera. Nada más verlo, puso los ojos en blanco.

–¿En serio te han llamado para que vengas?

Zach entró en la habitación y corrió la cortina.

–No, fui a las obras para hablar contigo y uno de los miembros del equipo me lo contó.

–No me sueltes otro sermón –siseó cuando la enfermera le pinchó el brazo para extraerle sangre–. Ya sé que tenía que beber y permanecer hidratada, pero ahora mismo estoy demasiado cansada para discutir.

Zach se echó a reír mientras se aproximaba al otro lado de la cama.

–Debes estar muy cansada cuando tienes tan pocas ganas de discutir.

–Muy bien, señorita Clark –dijo la enfermera, recogiendo sus cosas–. El médico llegará en seguida.

–Estupendo –suspirando, Ana se recostó en la cama–. ¿Qué es lo que tenías que decirme? –le preguntó a Zach.

–¿Qué? Oh, nada que no pueda esperar –no tenía otro deseo que mirarla, asegurarse de que estaba bien… Porque en cuanto hubo superado la sorpresa inicial de que se la habían llevado en ambulancia, se había temido lo peor.

Ana cerró los ojos, apoyando las manos sobre su vientre plano. Zach detestaba ver la aguja clavada en la delicada piel de su muñeca.

–No pienso irme a ninguna parte –le dijo ella–. Puedes contármelo tranquilamente antes de marcharte.

–Yo tampoco pienso marcharme a ninguna parte –le tomó la otra mano entre las suyas.

Abriendo los ojos, volvió la cabeza para mirarlo y sonrió.

–Estoy bien, Zach. Simplemente tengo que quedarme aquí tumbada mientras me hidratan.

–Me quedo contigo.

–Entonces dime lo que querías decirme.

–Se ha producido una detención en relación con el allanamiento de la oficina.

–¿Quién? –se sentó en la cama, sorprendida.

–Nate. Alegó que estaba enfadado y que quería darte una lección.

–El muy imbécil… ¿cómo es que han tardado tanto en detenerlo?

–Abandonó en seguida el estado. Victor y yo contratamos a un detective para que le siguiera la pista. Lo detuvieron en Michigan –se llevó su diminuta mano a los labios–. Lo juzgarán y pagará por su delito.

–¿Tú crees?

–Sí –se sentó en el borde de la cama–. Ya no tienes que preocuparte de nada. Ni del allanamiento, ni de tu padre, ni del divorcio. Ni siquiera del proyecto –y añadió con una sonrisa–: ¡Vaya, no puedo creer que haya dicho esto último…!

Ana se echó a reír.

–Muy bien, doctor Marcum. Estoy cansada. Voy a cerrar los ojos por un momento, ¿de acuerdo?

Zach asintió y continuó mirándola mucho después de que se hubiera quedado dormida. No recordaba haberse preocupado nunca tanto por una mujer. Ahora que pensaba en ello, eran muchísimas las cosas que estaría dispuesto a hacer por Ana y que no había hecho jamás por ninguna de sus amantes. Y eso que Anastasia Clark ni siquiera lo era.

Capítulo Quince

Esa noche sería la noche. Era lo único en lo que Ana podía pensar mientras salía al vestíbulo del edificio de apartamentos para esperar a que Zach la recogiera. Desde el instante en que aceptó acompañarlo a la boda de su hermano, había sabido que acabaría entregándose a Zach. Ya no podía seguir rechazándolo por más tiempo. Ni a él ni a sí misma.

Hervía por dentro de pura excitación ante las promesas de aquella velada. Aferrando entre los dedos su bolso dorado, se miró en los espejos del vestíbulo. Se alegraba tanto de haberse dejado convencer por Kayla de que la acompañara a comprarse un vestido para la boda… El verde esmeralda que había elegido, de reflejos y sin tirantes, largo hasta el suelo, destacaba maravillosamente el color de sus ojos. Incluso se había resignado a domeñar su cascada de rizos yendo a un salón de belleza, apenas unas horas atrás. En ese momento, toda brillante, la larga melena le caía sobre la espalda en delicadas ondas.

Una limusina apareció de pronto y Ana dejó de preocuparse por su vestido y su peinado. Se abrió la puerta trasera y Zach bajó todo elegante, luciendo un espléndido traje negro. Su mirada acarició su cuerpo como si lo hubieran hecho sus grandes y fuertes manos.

Ana ladeó la cabeza, sonrió y dio una vuelta sobre sí misma, con los brazos extendidos, enviándole la sutil señal de que se le entregaría por completo después. Solo esperaba que su recién descubierta valentía no la abandonara durante lo que quedaba de noche. Salió por fin del edificio.

–Me alegro de que no hayas traído una de tus motos.

–Y yo me alegro de que decidieras acompañarme –le deslizó un dedo por la base del cuello–. Sí que estás sexy… Te desearán todos los hombres presentes en la ceremonia.

–Pero yo soy tuya.

Detuvo la mano sobre su acalorada piel.

–Ana…

Se acercó todavía más a él, susurrándole al oído para que ni el chófer ni los porteros pudieran escucharla:

–Por esta noche, soy tuya. Hoy no quiero pensar en lo muy diferentes que somos, o en los meses que faltan para que nos separemos. Esta noche, Zach, toma de mí lo que quieras –al apartarse, vio que tragaba saliva. Por primera vez desde que lo conocía, le había dejado sin habla.

Zach se volvió entonces hacia la puerta abierta y la ayudó a subir al vehículo. La siguió antes de que el chófer cerrara la puerta.

–Siempre he pensado que eras preciosa –susurró, tomándole una mano–. Pero hoy me has dejado mudo de la impresión.

–Si sigues así –se echó a reír–, me temo que no seremos capaces de bajarnos del coche para asistir a la boda.

–¿Tan malo sería eso? –arqueó una ceja.

–No estaría bien que el padrino no se presentara –soltó una carcajada–. Procura dominarte.

–Estás de broma, ¿verdad?

–Solo piensa en la recompensa que recibirás al final si

te portas bien. E intenta imaginarte lo que llevo debajo de este vestido…

Zach soltó un gruñido y le apretó la mano.

–¿Estás segura de que nunca habías hecho esto antes? Eres buena torturándome.

–Te lo prometo –respondió, nerviosa por dentro–. He estado esperando a conocer al hombre adecuado. Pero tú… ¿estás seguro de que quieres estar con alguien que puede que lo haga todo mal?

–No harás nada mal. Haremos esto juntos y todo saldrá perfecto. Relájate.

¿Relajarse? Faltaban apenas unas pocas horas para que aquel hombre le descubriera un nuevo aspecto de sí misma y para que lo exploraran juntos. Así que relajarse no debería suponer ningún problema, ¿verdad?

Hacer de padrino de la ceremonia fue una verdadera tortura mientras buscaba a Ana con la mirada una y otra vez entre la multitud. Quería estar a solas con ella. Cuanto antes. Cuando su hermano gemelo y Tamera pronunciaron solemnemente sus votos, no tuvo más remedio que dejar de mirarla. La había visto emocionarse como solían hacerlo las mujeres en aquellas circunstancias. No tenía la menor duda de que se estaría preguntando cómo sería su propia boda.

En aquel preciso instante odió con toda su alma al hombre que se casaría con Ana y la haría suya para siempre. Si él hubiera pretendido sentar la cabeza, algo ridículo por imposible, habría querido ciertamente establecer una relación a partir del deseo que sentía por ella… Pero ese no era el caso, así que se conformaría con lo que le ofreciera aquella noche y no se preocuparía de nada más.

–Puedes besar a la novia –dijo en ese momento el sacerdote.

Por fin. Zach aplaudió junto a los otros ciento cincuenta invitados mientras Cole y Tamera se besaban y eran aclamados como señor y señora Marcum.

Mientras el sol se ponía al fondo del jardín y las palomas, recién soltadas, volaban sobre sus cabezas, Zach sonrió irónico. Aquella clase de fantasía no era para él. Pero se alegraba enormemente por su hermano y por su nueva cuñada. Se sentía feliz por ellos.

Una vez acabada la ronda de felicitaciones, salió en busca de Ana. Su intención no era otra que desaparecer pronto de la fiesta y llevársela a una de las numerosas habitaciones de invitados para hacerle el amor durante toda la noche.

Cuando la encontró, se quedó sin aliento. Aquellos hipnóticos ojos verdes estaban fijos en él, bajo los párpados levemente entornados. Y tenía la misma expresión que había visto en Tamera cuando pronunció sus votos. No, no, no. No podía estar enamorada, ¿o sí? Toda aquella felicidad nupcial estaba haciendo estragos en su alma. Había llegado la hora de hacer una rápida salida de escena. En el momento en que llegó hasta ella, estaba charlando con unos invitados. Tomándola suavemente del codo, le susurró al oído:

–Vámonos.

Ana se despidió con elegancia y se dejó guiar al interior de la mansión.

–¿Te has despedido al menos de Tamera y de Cole? –le

preguntó ella mientras cruzaban el vestíbulo de mármol y se dirigían a la ancha escalera curva.

–Se marcharon hará una hora. Ellos también tenían ganas de estar solos.

Pero en lugar de llevarla escaleras arriba, tal y como había planeado en un principio, salieron por la puerta principal.

–¿Adónde vamos? Yo creí que íbamos a quedarnos aquí esta noche. ¿No es eso lo que había previsto Cole para los familiares y amigos más cercanos?

La llevó a su Camaro y le abrió la puerta; pero antes de que ella llegara a subir, la obligó a volverse y la besó con pasión. No hubo ternura alguna en aquel beso: estaba a punto de explotar.

Se apartó por fin, antes de que pudiera perder el control. Pero no lo suficiente como para no dejarle sentir lo muy excitado que estaba.

–Te quiero en mi cama –murmuró contra sus húmedos labios.

Mientras se hacía a un lado para permitirle subir al coche, Ana seguía mirándolo asombrada:

–¿Siempre eres tan apasionado?

–Sinceramente te digo que jamás me había sentido antes así.

–No me digas esas cosas…

No sabía lo que quería decir ni por qué parecía sufrir tanto. En lugar de preguntárselo, le indicó con un gesto que subiera al coche. En ese preciso momento, mientras se sentaba al volante, se vio asaltado por un insólito ataque de nervios. Ana era una mujer inocente y candorosa; para él aquella noche también sería la primera.

Sorprendentemente, Ana no se sentía tan nerviosa como había imaginado que se sentiría en aquel momento soñado. Experimentaba incluso una sensación de paz, como si estuviera haciendo algo justo, correcto. Mientras Zach aparcaba en el garaje y apagaba el motor, un denso silencio los envolvió.

Sí, había esperado mucho tiempo para entregarse a un hombre, pero con Zach eso no la inquietaba. Lo amaba, y él la quería y se preocupaba por ella. Tiempo atrás, no se habría conformado con eso. Ahora era diferente, porque estaba enamorada y antes no lo había estado nunca.

Abrió la puerta del coche antes de que lo hiciera él. Pasaron al lado de sus dos motos, el Jaguar y el Bugatti antes de entrar finalmente en la casa.

–¿Dónde está Jake? –preguntó mientras dejaba el bolso sobre el mostrador de la cocina.

–En su cajón. Será mejor que le saque para hacer sus cosas antes de que…

Sonriendo, vio que Zach entraba para recoger al perro. Su perro: el de los dos. No, no había manera de que Zach pudiera negar que la amaba. Quizá no estuviera preparado para reconocerlo, pero en el fondo la amaba. De lo contrario, nunca le habría hecho un regalo tan significativo, tan simbólico. No habría recordado la íntima confesión que ella le hizo cuando estuvo hablándole de su familia.

Sí, tal vez Zach Marcum se mostrara reacio a todo lo que significara compromisos y relaciones, pero lo cierto era que todavía no habían hecho el amor y él llevaba meses sin estar con otra mujer. Eso también resultaba suficientemente elocuente, más que cualquier frase. Aunque cada uno siguiera su camino una vez que el proyecto es-

tuviera acabado, Zach siempre se llevaría consigo un pedazo de su corazón.

–¿Te apetece una bebida?

Se giró en redondo cuando Zach volvió con ella.

–No, gracias. ¿Ya has sacado a Jake?

–Sí. Lo he dejado en el jardín. Ahí tiene suficiente espacio: estará perfectamente.

Ana atravesó la cocina y entró en el salón: una enorme
pantalla plana de televisión estaba enmarcada como simu-
lando un cuadro entre dos estanterías de libros altas hasta
el techo. Las paredes, de un blanco inmaculado, estaban
adornadas con láminas de veleros surcando el mar.

–¿Te gustan los veleros? No me había fijado en estas
pinturas cuando trajimos a Jake el otro día. Supongo que
estaría demasiado ocupada jugando con él…

–¿Y te has fijado en ellas ahora, cuando me estoy muriendo de ganas de quitarte ese vestido? –se le acercó por
detrás. Su aliento le acarició el hombro desnudo, con sus
labios apenas a unos centímetros de su oreja.

Se volvió hacia él, con los senos rozándole la camisa.
Sí, deseaba a ese hombre y le entusiasmaba que él la deseara a ella… pero habría sido una irresponsable si no hubiera sentido, como sentía en aquel momento, una punzada de temor.

–Relájate, Zach –sonrió, poniéndole una mano en el
pecho–. No pienso irme a ninguna parte. Aunque esté nerviosa y asustada, necesito tomarme las cosas despacio.
Con tranquilidad. ¿Crees que serás capaz de soportarlo?

Apoyó las manos sobre sus hombros desnudos, esti-
rando los pulgares para rozar el nacimiento de sus senos
por encima del escote.

–No he dejado de mirarte en toda la velada con ese vestido. He visto a los otros hombres mirándote y a cada momento he suspirado por tocarte. Pero no quiero asustarte. Quiero demostrarte lo perfecta que será esta noche. Permítemelo, Ana…

No protestó cuando sintió sus manos en la espalda, bajándole la cremallera del vestido. La seda verde esmeralda resbaló hasta el suelo en medio de un absoluto silencio. ¿Cómo hacer que aquella noche fuera tan perfecta para él como él le había prometido que lo sería para ella? Ana no tenía la menor idea sobre cómo complacer a un hombre. Pero su expresión le decía que estaba a punto de averiguarlo.

Capítulo Dieciséis

Lo que por encima de todo más anhelaba Zach era deslizar las manos por su cuerpo esbelto, pero sabía que a partir del instante en que tocara su piel, la noche se desarrollaría a un ritmo mucho más rápido que el que pretendía. Y, ahora mismo, quería saborear aquellos momentos con los ojos y retener una imagen mental de cada detalle, de cada curva de su cuerpo.

–El vestido era impresionante –pronunció, casi sin reconocer su propia voz–. Pero esto lo es más aún.

–Esperaba que te gustara –una amplia sonrisa iluminó el rostro de Ana.

Vestir aquel cuerpo sería un pecado. Pero vestirlo con aquel conjunto de corpiño y tanga dorados era una bendición divina.

–Me alegro de que te guste, Zach, pero… ¿podrías tocarme o al menos empezar a desnudarte? Me siento un poco ridícula…

Se desabrochó la camisa y la arrojó descuidadamente a un lado. Entonces la abrazó por la cintura, apretándola contra su pecho. Sus cuerpos encajaban perfectamente.

La sorprendió al levantarla en brazos para atravesar con ella el salón y el largo y ancho pasillo que llevaba al frente de la casa, donde estaba localizado el dormitorio principal. Le asaltó la tentación de pasar los dos días siguientes encerrado allí con ella, desnudos los dos… Por fin la bajó al suelo. Todavía llevaba sus tacones de aguja.

–Antes tienes que estar segura, Anastasia.

Ana deslizó las palmas de las manos por su torso desnudo, sin dejar de mirarlo a los ojos. Lentamente fue acercándose más a él, hasta que sus labios estuvieron a un suspiro de los suyos, y sonrió. Echándole los brazos al cuello, empezó a retroceder hacia la cama de dosel que se alzaba en el centro del inmenso dormitorio.

Sin soltarlo, se sentó en el borde; un puro, crudo calor brillaba en sus ojos verdes. Su melena cobriza, habitualmente rizada e indómita, caía en suaves ondas sobre su espalda. Zach no podía esperar a verla derramada sobre las sábanas.

Ana se humedeció los labios, pero no de la insinuante manera en que lo hacían tantas mujeres. Bajó la mirada al suelo y la levantó de nuevo. De repente, el hecho de que se sintiera tan tímida, tan humilde, lo abrumó. Y le hizo ansiar, por encima de todo, hacer de aquella noche algo perfecto y único para ella.

Apoyó las manos en el colchón, a cada lado de sus caderas, y se inclinó para capturar sus labios. Y ella levantó la cara para acudir a su encuentro. Suspirando profundamente mientras abría la boca, le ofreció pleno acceso. Arqueó la espalda, rozándole el pecho desnudo con el satén del corpiño.

Tomándola de los hombros, la apartó delicadamente y apoyó una rodilla en la cama. Por mucho que deseara continuar besándola, primero quería liberarla completamente de la ropa. Sabía que necesitaba tomarse su tiempo y quería prolongar aquella noche por los dos. Se concentró en abrirle el pequeño broche y los corchetes delanteros del corpiño. Uno por uno fueron revelando la piel fina y cremosa.

–Haces que me sienta bella –susurró.

Abrió el sedoso material, descubriendo sus senos. Acto seguido enganchó los pulgares en las tiras de su tanga y se lo bajó todo a lo largo de sus esbeltas piernas, hasta los tobillos, para arrojarlo finalmente a un lado.

Tumbada desnuda ante él, en su cama, Ana parecía la imagen personificada del pecado. Sus ojos hipnóticos relampagueaban, su pecho subía y bajaba al ritmo de su acelerada respiración. Tenía los húmedos labios entreabiertos, como suplicándole que la tomara de una vez. Le abrumaba saber que estaba mirando un cuerpo que nunca había sido saboreado por nadie.

–No tienes idea de lo que me estás haciendo –le confesó mientras subía las manos por sus piernas, hasta su monte de Venus, y continuaba luego hacia sus senos.

Incorporándose, Ana se apresuró a soltarle el botón del pantalón y a bajarle la cremallera.

–Lo sé, Zach. Lo sé porque tú me haces lo mismo a mí.

Tras despojarse del pantalón, junto con los zapatos y los calcetines, se agachó para quitarle los tacones. Una vez que la tuvo completamente desnuda, trazó un sendero de besos desde sus pies hasta sus senos, pasando por su sexo.

Gemía y se convulsionaba bajo sus caricias. Zach anhelaba enterrarse en ella y calmar así su dolorosa ansia, pero era realista. Sabía que, con Ana, una sola ocasión nunca sería suficiente. Tenía la sensación de que, una vez que le hiciera el amor, olvidarla sería lo más difícil del mundo. Concentrándose en el presente, se apoderó de un pezón con los labios. Mientras ella se arqueaba contra él, la abrazó de nuevo por la cintura. De alguna forma, también para él era la primera vez. Era como si no pudiera saciarse nunca de tocarla, como si no pudiera acercarse lo suficiente a ella. Literalmente, no podría esperar para fundirse con su cuerpo.

Concentró entonces su atención en el otro pezón antes de subir los labios por su cuello y reclamar finalmente su boca. Ana lo agarró de los hombros, hundiéndole las uñas, al tiempo que alzaba las rodillas.

Deslizó una mano hasta su sexo y empezó a acariciárselo. Necesitaba asegurarse de que estaba dispuesta, y no solo emocionalmente hablando.

Dejó de besarlo para soltar un grito de placer. A esas alturas, Zach no podía esperar ni un minuto más. Se apartó para recoger el pantalón del suelo y sacó un preservativo de la cartera.

—Mírame —le dijo mientras se colocaba entre sus piernas—. No te olvides nunca de este momento.

«No me olvides», le suplicó en silencio. Con agonizante lentitud, entró en ella. Sus miradas quedaron engarzadas mientras esperaba a que lo acomodara en su cuerpo. Ana subió las manos hasta las mejillas, acunándole el rostro.

—Por favor, Zach. No te contengas.

—Rodéame la cintura con las piernas.s

Cuando lo hizo, se hundió en ella aún más profundamente. Sintiendo el movimiento de sus caderas a cada embate, tuvo que apretar los dientes para mantener el control.

—Estoy tan contenta de que hayas sido tú… —murmuró Ana justo antes de cerrar los dedos sobre el edredón, echar la cabeza hacia atrás y tener un orgasmo.

Zach no necesitó más para reunirse con ella. Con la misma ansia con que anhelaba que recordara aquel momento, quiso grabarlo a fuego en su alma y la besó con pasión mientras la sentía temblar. E incluso cuando cesaron los temblores.

Saciada, Ana mantenía los ojos cerrados. Temía abrirlos y descubrir que todo había sido un sueño. O, peor aún: que Zach se había quedado decepcionado.

Lo sintió apartarse y experimentó al instante el vacío de su presencia. Pero al segundo siguiente estaba otra vez a su lado, deslizando las yemas de los dedos por su piel febril.

–¿Estás bien? –le preguntó.

Ana se sonrió, abrió los ojos y giró la cabeza hacia él.

–No puedo creer que esté ahora mismo en tu cama, Zach. Nunca pensé que esto me haría sentirme tan… viva.

La expresión de Zach era sensual, pero al mismo tiempo vulnerable. Mirándolo, las palabras «te quiero» le bailaban en la punta de la lengua. Quería confesarle lo que sentía, pero no deseaba arruinar aquel momento haciendo que se sintiera de alguna manera culpable, o arrepentido. Así que se guardaría el secreto para otra ocasión. Pero se lo diría. Y pronto. Porque Zach necesitaba saber de qué manera había afectado, conmovido su vida. Que siempre formaría parte de su ser, aunque no estuvieran juntos.

Fue él quien rompió el silencio:

–Tengo que decirte que las pocas horas que te he visto con ese vestido han supuesto la más dura prueba que ha tenido que superar nunca mi fuerza de voluntad.

Se echó a reír, volviéndose hacia él e imitando su postura. Con un codo flexionado y la cabeza apoyada en la mano, se lo quedó mirando fijamente.

–No era más que un vestido, Zach. Yo soy la misma persona con mis botas y mis tejanos llenos de agujeros.

–Eso es lo que estoy intentando averiguar –frunció el ceño, extrañado–. ¿Cómo puede alguien ser tan increíblemente sexy con dos atuendos tan distintos?

–No lo sé. ¿Por qué no me lo dices tú? Tú también pasas en un santiamén de ejecutivo de la construcción a motero.

–¿Me estás diciendo que no somos tan diferentes? –una ancha sonrisa le iluminó el rostro–. Yo estoy completamente seguro de que ese vestido no me habría quedado tan bien.

Ana se echó a reír y le dio un empujón. Arrodillándose en la cama, sin dejar de reír, agarró una almohada y se la lanzó.

–Te estás burlando.

–Quizá un poco, sí.

Entrelazó las manos por detrás de la cabeza flexionando instintivamente los abultados bíceps, con el tatuaje que lucía en uno de ellos. ¿Cómo habría podido no enamorarse de aquel hombre? Habría podido acostarse con cualquier mujer, y sin embargo se había tomado su tiempo y esperado a ganar su confianza, para demostrarle lo que era la pasión y… sí, también el amor. Toda la felicidad que desbordaba su pecho en aquel momento, toda la renovada confianza que tenía ahora en sí misma se debía enteramente a Zach.

–¿En qué estás pensando? –le preguntó él.

Se encogió de hombros, sentándose sobre los tobillos. Sorprendida de lo muy cómoda que se sentía estando desnuda en su cama.

–En todo. En nada.

–Estabas sonriendo, pero de repente cambiaste completamente de expresión –apoyó una mano grande y morena sobre su muslo cremoso–. ¿Qué era?

–Te quiero.

Un silencio tan sumamente denso se abatió sobre la habitación que Ana deseó que se la tragara de pronto la tierra.

–Oh, Dios mío. Me había prometido a mí misma que no te lo dirías aún.

Se tapó la cara con las manos, rezando para que aquellos diez últimos segundos de su vida quedaran borrados del recuerdo de Zach.

–Ana…

Sintió que se sentaba en la cama, para tomarle las manos entre las suyas.

–Mírame.

Lo miró. Pero no fue sorpresa ni horror lo que vio en sus ojos. Al menos, no lo parecía.

–Estoy segura de que habrás escuchado esas palabras miles de veces. Yo no te las he dicho porque hayamos hecho el amor. Me prometí a mí misma que hoy no te diría nada, que no estropearía lo que acabamos de vivir sacando a relucir mis sentimientos. Pero no he podido evitarlo. Sé que tú no sientes lo mismo, y lo acepto. Siempre he sabido que tú no me amarías.

Zach permaneció inmóvil mientras duró su perorata. Con una media sonrisa asomando en su boca sensual.

—¿Has terminado?

Ana negó con la cabeza.

—Intenté no enamorarme de ti… pero sucedió, Zach. ¿Tienes idea de lo mucho que has hecho por mí?

—¿Cómo? –frunció el ceño–. Yo no he hecho nada.

—Encargaste a mi empresa ese proyecto tan increíble –empezó, contando con los dedos–. Estuviste a mi lado cuando allanaron mi oficina. Y lo mismo cuando se presentó mi padre. Has sido enormemente paciente conmigo, pese a que sé que eso va en contra de tu comportamiento habitual con las mujeres. Y Jake: me regalaste un perro, Zach. Algo que quería tener desde que era niña.

—A ver si lo entiendo bien… –le dijo él, sin soltarle las manos–. ¿Me amas porque estuve en el lugar adecuado cuando lo del allanamiento y lo de tu padre, y porque te regalé un cachorro?

Ana cerró los ojos.

—Todo eso es lo aparente, lo que está en la superficie –susurró, consciente de que estaba a punto de llorar. Abrió de todas formas los ojos, sin importarle desnudar de esa manera toda su emoción–. Tú me diste un sentido de esperanza, la esperanza de creer que no todos los hombres son egoístas e insensibles. Tú me antepusiste a mí primero, por encima de todo lo demás. No creo que puedas imaginar lo mucho que eso significa para mí.

—Ana –suspiró Zach–. No sé qué decirte. Yo te aprecio, significas mucho para mí. Eso nunca se me ocurriría negarlo. Pero…

Ana habría mentido si le hubiera dicho que, justo en aquel instante, no había sentido resquebrajarse su corazón. Nunca había dudado de que Zach jamás se enamoraría perdidamente de ella. Y sin embargo había esperado contar al menos con una brizna de su amor.

–No espero que me digas nada. Pero yo no puedo mentirte, Zach. No lamento que sepas lo que siento. Así que, ahora que ya me he puesto lo suficiente en ridículo… ¿podemos disfrutar del resto de la velada o te parece que la he estropeado por completo?

Se inclinó hacia ella, acariciándole los labios con los suyos.

–Eso jamás.

Ana sonrió, agradecida.

–Apuesto a que nunca más me preguntarás por lo que estoy pensando.

Zach se bajó de la cama y la levantó en brazos.

–Por un buen rato, no volveré a hacerlo.

Mientras la llevaba al suntuoso cuarto de baño, Ana no pudo evitar sonreírse. Las palabras anteriores habían quedado olvidadas y en ese momento se sentía aliviada. Asustada, pero aliviada.

Y ahora que la verdad había aflorado por fin… ¿se plantearía Zach tener con ella algo más que una aventura? Esperaba fervientemente que así fuera. Ansiaba desesperadamente ver adónde podía llevarla aquel amor. Y que Zach abriera por fin los ojos y le entregara su corazón.

Capítulo Diecisiete

Zach acababa de colocar las crepes en la bandeja cuando le sonó el móvil. Lo recogió del mostrador de la cocina, rezando para que no fuera Melanie otra vez. Su ex le había enviado tres mensajes de texto durante la noche, que él había ignorado y borrado.

Afortunadamente, no era ella. Era su abogado.

–Zach, hemos localizado al padre de la señorita Clark.

Se volvió para asegurarse de que Ana no había abandonado todavía el dormitorio. La había dejado durmiendo con la intención de sorprenderla y llevarle el desayuno a la cama.

–¿Ha aceptado firmar el contrato? –le preguntó Zach–. ¿Tan fácil ha sido?

–Bueno, una denuncia a la inspección de Hacienda intimida a cualquiera. Con su firma, todas sus deudas están saldadas. Todo arreglado.

Fue como si de repente se hubiera librado de una inmensa carga. Ahora sabía que, cuando Ana y él se separaran, ella podría continuar con su vida sin aquella opresiva amenaza, vivir sin miedo alguno. Aunque tendría que seguir fiscalizando aquel asunto durante un tiempo, utilizando para ello a su detective privado, solo para asegurarse de que su padre se atenía a los términos del acuerdo.

Cortó la llamada y sacó el frasco de sirope del armario. Ahora sí que podría agasajar a Ana con un sabroso desayuno y un beso de buenos días. Una vez cargada la bandeja, regresó al dormitorio. Ana se removía bajo las sábanas.

–Espero que te gusten las crepes.

Se estiró perezosamente y volvió a cubrirse con la sábana, sujetándola bajo los brazos.

–Ya sabes que me encanta comer, así que seguro que me gustará.

Dejó la bandeja sobre su regazo y se inclinó para darle un beso.

–Me gusta ver a una mujer que no le tiene miedo a la comida.

–Ya te lo dije –sonrió de oreja a oreja–. Hasta ahora has salido con las mujeres equivocadas.

Aquella sutil broma lo dejó conmovido.

–Estoy empezando a darme cuenta de ello –murmuró contra sus labios antes de besarla de nuevo.

No podía analizar sus sentimientos, no ahora. Quizá nunca. Aquel estado de incomodidad que lo había estado acosando durante días, semanas, lo confundía de nuevo. ¿Cómo podía expulsar a aquella mujer de su cama y de su vida? Parecía algo imposible. ¿Realmente podría plantearse una relación a largo plazo con ella?

Se apartó, profundamente afectado por el vuelco que le había dado el corazón ante aquel repentino descubrimiento.

–Cómetelas antes de que se te enfríen.

–¿Tú no vas a desayunar?

–No, ya tomé fruta y un zumo.

Después de colocarse la servilleta sobre el regazo, Ana recogió el frasco de sirope y se sirvió un poco en el plato.

–Pareces como ausente… ¿Te encuentras bien?

–Sí, claro –se sentó en el borde de la cama–. Es que acabo de atender una llamada de negocios. No esperaba ponerme a trabajar tan rápido.

–Trabajas demasiado, Zach –cortó un pedazo de crepe y se lo llevó a la boca–. Yo creía que ahora mismo solo estabas trabajando en el proyecto de Lawson.

–Era algo que no podía esperar. Me alegro de haberlo terminado, y además antes de lo que esperaba.

–De esa manera podrás dedicar más tiempo… a cosas más importantes.

–Absolutamente –sonrió, inclinándose por encima de la bandeja para apoderarse de su boca.

Se moría de ganas de decirle lo mucho que significaba para él, pero no se atrevía a hacerlo por miedo a que viera demasiadas cosas en ello. Se apartó.

–Si quieres podemos sacar a pasear a Jake, para que se desfogue un poco.

–¿Puedo tomar una ducha primero?

–Claro.

La dejó para retirarse a su despacho, en el otro lado de la casa. Quería leer el contrato que su abogado le había enviado por fax, para asegurarse de que no tuviera ninguna laguna jurídica. Todo tenía que estar perfecto, hasta el último párrafo, si quería terminar con aquel asunto y seguir adelante con su vida. Porque lo haría: tendría que hacerlo, tan pronto como Ana estuviera cien por cien a salvo. Para cuando terminó de leer el documento, estaba más que satisfecho con el trabajo de su abogado. Firmó el contrato y regresó al dormitorio. Oyó cerrarse el agua de la ducha justo cuando recogía la bandeja de la cama. Llevó los platos a la cocina y los dejó sobre el mostrador. Su asistenta se encargaría de eso después.

De vuelta en la habitación, vio que Ana aún no había salido del baño. Acababa de levantar la mano para llamar cuando la puerta se abrió de golpe. El rostro de Ana estaba bañado en lágrimas. Se había puesto la bata de seda negra que solía dejar colgada detrás de la puerta. La agarró de los hombros, alarmado.

—¿Qué pasa?

—Absolutamente nada. Todo está perfecto. Ese es el problema.

Ante la mirada asombrada de Zach, se puso a pasear de un lado a otro del dormitorio, descalza sobre la moqueta blanca.

—No sé a qué te refieres…

—Soy tan feliz que me siento culpable —se detuvo de pronto—. No creo que mi madre experimentara ni un solo gramo de la felicidad que he llegado a sentir durante estas últimas semanas. Y eso me pone triste.

Consciente de que se encontraba en un terreno nada familiar, Zach retrocedió un paso, vacilante. Sabía que cada palabra que pronunciara podía transmitirle una falsa esperanza para el futuro.

—Ana, no te sientas culpable. Seguro que eso sería lo último que querría tu madre. Lo que querría sería precisamente que fueras tan feliz como ahora.

Vio que relajaba los hombros, dejaba caer las manos a los costados y bajaba la cabeza. Luego lo miró, con una solitaria lágrima resbalando por una mejilla.

—¿Sabes una cosa? Si no te hubiera amado antes… te amo ahora.

–Ana, yo no puedo…

Su sonrisa le rompió el corazón.

–Lo sé –susurró al tiempo que enganchaba los pulgares en la cintura de sus bóxers y empezaba a bajárselos–. Déjame demostrártelo.

El nudo de la bata de seda se deshizo con un simple tirón. Ana dejó caer los brazos a los lados mientras él le deslizaba la prenda por los hombros. Echándole los brazos al cuello, besó su mandíbula sombreada por la barba. Y él la abrazó por la cintura con un gemido de necesidad.

–No dudes nunca de mis sentimientos por ti –le susurró ella al oído–. Y no te mientas a ti mismo.

Obviamente sabía muy bien lo que estaba haciendo porque, justo cuando él iba a preguntarle por lo que quería decir, se apoderó de su boca al tiempo que le acariciaba sensualmente la espalda.

–Basta –gruñó con voz ronca.

Levantándola en vilo, la llevó al diván, frente al jardín. La brisa del mar entraba por las puertas abiertas de par en par, besando sus cuerpos desnudos. Una vez que la tuvo allí tendida, dispuesta a recibirlo, fue a por un preservativo y volvió para instalarse entre sus piernas. Sin palabras, sin besos, entró en ella. Pero, al cabo de un momento, se detuvo.

–No te detengas –le pidió–. No dudes.

Zach apretó los dientes.

–Contigo no puedo dominarme, Anastasia. No puedo controlarme, no puedo ir más despacio…

–Entonces no lo hagas.

Cuando ella lo miró con aquel deseo en los ojos, estuvo perdido. Se inclinó hacia ella, sujetándose con una mano en el brazo del diván y tomándola de la cintura con la otra, y comenzó a moverse.

El deseo hizo presa en él y, cuando estuvo a punto de cerrar los ojos, la miró. En su mirada vio el amor y supo que, si alguna vez llegaba a amar a alguien, Ana sería la elegida. No ansiaba otra cosa que hacerle feliz, pero tenía el corazón herido y no estaba dispuesto a volver a correr riesgos.

Así que cerró por fin los ojos y juntos cayeron al abismo.

Después de que Zach la dejara en su apartamento, ya de vuelta en la realidad, Ana descubrió que tenía cuatro mensajes en el móvil. Todos de su madre. Había estado tan ocupada disfrutando con la boda, la recepción, pero, sobre todo, durante las horas que siguieron. ¿Realmente había pasado menos de veinticuatro horas con Zach? Tantas cosas habían sucedido…

Su vida había cambiado por completo, por no hablar de sus perspectivas. Se había dicho a sí misma que una vez que decidiera acostarse con Zach, no esperaría nada a cambio. Y ciertamente no habría esperado nada en absoluto si él no la hubiera mirado de la misma manera que había visto a Cole mirar a Tamera. Se aturdía solamente de pensar que Zach pudiera amarla. Se lo había preguntado antes, pero aquel momento tenía un destello de esperanza. Cuando se unieron por última vez y él la miró a los ojos, había visto tan claramente en ellos aquel sentimiento que fue casi como si se lo hubiera dicho con palabras.

Mientras escuchaba los mensajes de su madre, su entusiasmo fue aumentando. Su madre quería hacerle una visita, para ver cómo marchaba el proyecto. Habían pasado cerca de seis meses desde que Ana la había visto por última vez. Se moría de ganas de enseñarle la buena marcha de los trabajos. Quizá pudiera quedarse con ella hasta la terminación del proyecto y… ¿a quién quería engañar? Lo que más la entusiasmaba era la expectativa de presentar a Zach a su madre. Y deseaba también que Lorraine conociera al hombre que tan profundamente la había impresionado y que le había robado el corazón para siempre.

La llamó y lo dejó todo arreglado para que volara a Miami el viernes. Sentándose luego en la cama, se quedó contemplando la espléndida vista del puerto por el ancho ventanal. Aceptar aquel proyecto le había cambiado la vida de múltiples e impredecibles maneras. ¿Qué haría cuando tuviera que marcharse de Miami? ¿Querría Zach que se quedara? Todavía faltaban muchos meses para que tuviera que hacer las maletas. Seguro que, con tanto tiempo como tenían, acabaría por ser sincero consigo mismo.

Capítulo Dieciocho

Ana llamó a casa de Zach, esperando que respondiera la asistenta. Afortunadamente la mujer la reconoció. Le preguntó si podía pasarse por allí para recoger a Jake y llevárselo a pasear.

En aquel momento se dirigía a la oficina de Zach en un coche alquilado, con toallas extendidas sobre el asiento trasero y el suelo en previsión de alguna incidencia por parte del cachorro. Pretendía darle una sorpresa. Dado que él había tenido tantos detalles con ella, había decidido tomarse medio día libre y pasarlo en su compañía. Al fin y al cabo, su madre llegaría al día siguiente y ella todavía no le había dicho nada al respecto. ¿Cómo reaccionaría cuando se lo dijera?

Encontró un lugar para aparcar justo delante del edificio. Experimentó una punzada de excitación cuando echó un vistazo a la gran cesta de picnic que descansaba en el asiento trasero, con la manta que había traído. Entró con el diminuto Jake en la mano. La recepcionista se apresuró a saludarla.

–Buenas tardes, señorita Clark. ¿Ha venido a ver al señor Marcum?

–Sí, pero no le diga que estoy aquí. Quiero darle una sorpresa.

La joven desvió inmediatamente la mirada hacia el pasillo que llevaba a los ascensores, mordiéndose el labio.

–Umm… de acuerdo.

«Extraño», pensó Ana mientras se dirigía hacia allí. Otra mujer, una rubia despampanante, muy alta, estaba esperando también.

–Qué cachorro más precioso… –comentó la mujer cuando entraron a la vez en el ascensor–. ¿Cómo se llama?

–Jake –pulsó el botón de la cuarta planta–. Me lo regaló mi novio. He venido con el perrito para darle una sorpresa e invitarlo a comer fuera.

Segundos después se abrieron las puertas.

–Pero… yo creía que Cole acababa de casarse –dijo la rubia, frunciendo el ceño.

Ana salió con ella del ascensor.

–Sí, se casó el sábado pasado. Yo estoy saliendo con su hermano.

La mujer se la quedó mirando boquiabierta.

–¿De veras? Pues yo soy su esposa.

Ana agarró con fuerza el cachorro, involuntariamente. Tenía que haber oído mal. Aquella mujer se engañaba.

–¿Y dices que Zach te compró el perro? Curioso, él siempre decía que no quería animales en su casa. Todavía no me has dicho tu nombre…

Ana no estaba dispuesta a demostrar ninguna emoción y dejar así que aquella mujer se le impusiera.

–Si me disculpa –musitó, ignorando la pregunta a propósito.

Pero justo cuando se volvía para marcharse, la mujer le tocó un brazo.

–Necesito verlo antes que tú, perdona. Pienso entrar yo primero.

Por el rabillo del ojo, Ana vio a Zach avanzando por el pasillo. Y la ex lo descubrió al mismo tiempo también. Ambas se lo quedaron mirando mientras seguía avanzando, concentrado en el documento que sostenía en las manos.

–Zach.

Ana se quedó detrás mientras la ex se acercaba a él.

–Melanie –se detuvo, y mirando luego por encima del hombro de la rubia, la descubrió a ella–. ¿Ana? ¿Qué está pasando aquí?

Se encogió de hombros, dejando que Melanie le dijera lo que tuviera que decirle. No tenía ninguna intención de interrumpir la escena. Ver la reacción de Zach con su ex le daría una idea exacta de sus verdaderos sentimientos, de los cuales no había dudado hasta ahora.

–Necesito hablar contigo –dijo Melanie–. A solas.

De repente, Ana deseó haberse puesto un bonito vestido de verano en lugar de una camiseta azul y un pantalón corto blanco. Pero su idea había sido comer de picnic en la playa y había querido estar cómoda. Melanie, sin embargo, parecía perfectamente cómoda con su minivestido sin tirantes y sus tacones de aguja. Y sí, podía ver que Zach deseaba más bien pasar el resto de su vida con aquel cuerpo escultural que con una chica más bien flacucha y poca cosa como ella.

Jake se puso a gimotear y Ana hundió la nariz en su sedoso pelaje.

–Tranquilo –le susurró a la oreja.

–Después de nuestra conversación del otro día ya no volví a saber de ti, de modo que pensé en venir para hablar contigo en persona –dijo Melanie–. No respondiste tampoco a los mensajes de texto que te mandé el sábado por la noche.

El sábado por la noche. La noche en la que se había entregado a un hombre que había seguido manteniendo relaciones con su exmujer. Un nudo le atenazó el corazón, impidiéndole respirar. Zach desvió en seguida la mirada hacia ella, como si le hubiera adivinado el pensamiento.

Qué ingenua y estúpida había sido. Pero Ana se negaba a resignarse a ser la «otra», como lo había sido su madre durante tantos años.

—Si me hubieras dicho que tenías una relación formal, ahora mismo no estaría aquí —continuó diciendo Melanie.

Zach se volvió de nuevo hacia su ex y se pasó una mano por el pelo. Bajó la otra con gesto cansino, sosteniendo todavía el documento.

—No te dije nada porque no es una relación formal.

—¿De veras? —rio Melanie—. Pues lo parece. ¿Un perro? ¿Le has regalado tú un perro, Zach?

El puño que sentía Ana dentro de su pecho terminó de estrujarle el corazón. Se negaba a representar el papel de amante en la relación aparentemente perversa que Zach parecía seguir teniendo con su ex. Quería salir cuanto antes de allí, pero no quería parecer que lo hacía movida por los celos, o dolida.

—Adelante, habla en privado con ella —lo animó con una falsa sonrisa—. De todas formas, necesitaba sacar a Jake.

Se volvió para marcharse, y Zach la llamó. Ignorándolo, pulsó el botón de llamada del ascensor.

—Ana —la agarró de un brazo—. Lo siento.

—¿Sientes haberme mentido o sientes que te haya sorprendido? –cada una de sus palabras destilaba puro veneno.

–No te marches así. Deja que te explique…

Pero ella se liberó de un tirón y sostuvo con ambas manos a Jake, que en ese momento estaba intentando acercarse a Zach.

–No te preocupes. Te has explicado muy bien, cuando le dijiste a tu ex lo que teníamos. Lo nuestro no iba en serio, así que habla con Melanie o con quien quieras. Solo asegúrate de que no sea conmigo.

Se abrieron las puertas y entró en el ascensor. Cuando se dio la vuelta, lo último que vio fue la furiosa expresión de Zach y la triunfante de su ex. Le pareció que no llegaba nunca al coche. Pasó de largo corriendo por delante de la recepcionista, que le lanzó una tímida sonrisa de disculpa.

Una vez sola, instaló a Jake en el asiento del pasajero y partió a toda velocidad, sin rumbo fijo. No quería tener a Zach Marcum cerca por una larga temporada. De hecho, no quería volver a verlo nunca, aunque eso sería imposible, dado que todavía no habían acabado con el proyecto del centro turístico.

«Maravilloso. Sencillamente maravilloso», exclamó para sus adentros. Tendría que verlo cada día durante los próximos meses. Afortunadamente, el exterior del edificio estaba casi acabado y la mayor parte de los trabajos se desarrollaba en el interior. Allí tendría amplio espacio donde esconderse cuando Zach se pasara para revisar la marcha de los trabajos. Haría que su segundo al mando le informara puntualmente de los progresos realizados.

La culpa de todo aquello había sido suya. Únicamente

suya. Pero entonces... ¿por qué estaba enfadada con Zach? Él le había dicho desde el principio que no quería tener relación alguna. ¿Acaso no le había confesado que el matrimonio le había hecho perder la confianza en el amor? En eso no le había mentido. Pero sí que le había mentido por omisión.

Eso era precisamente lo que más le dolía. Zach había estado hablando durante todo el tiempo con su ex, mientras esperaba acostarse con ella. Se había mostrado tan convincente a la hora de asegurarle que le importaba, tan sumamente tierno cuando al final hicieron el amor... Hacer el amor. Ya. Eso había sido algo completamente unilateral por su parte. No le extrañaba que se hubiera asustado tanto cuando le confesó sus sentimientos.

Sacó el coche de la carretera y aparcó frente a la calle. Con la cabeza entre las manos, dejó que afloraran las lágrimas, una tras otra, furiosa consigo misma por haberse dejado romper el corazón de aquella manera. ¿Por qué no había reconocido las señales, los síntomas? ¿Por qué? Incluso después de que ella se hubiera abierto a él y revelado sus sentimientos, Zach se había negado a confesarle nada. Su silencio había resultado suficientemente elocuente: lo malo era que lo hubiera escuchado tan tarde.

Jake se le acercó para lamer con su áspera lengüecita las lágrimas que resbalaban entre sus dedos. Sí, todo aquel desastre era culpa suya, con lo cual había quedado como una imbécil. Y el hecho de que a pesar de todo lo siguiera amando la convertía en una absoluta estúpida.

***

–Oh, cariño, no te hagas esto a ti misma.

Sentada en la cama, Ana sollozaba en los amorosos brazos de su madre.

–No puedo evitarlo. He intentado odiarlo. Incluso he intentado olvidarme de su traición, pero es que soy incapaz de pensar en otra cosa.

Lorraine Clark acariciaba tiernamente el cabello de su hija, recostada en el cabecero de la cama.

–¿Te ha llamado?

Ana apoyó la cabeza en su regazo, dejándose consolar por sus dulces caricias.

–Lo ha intentado. Pero yo no he respondido. Soy tan cobarde… Hoy incluso no he aparecido por la obra. Pero, como es viernes, hay poco trabajo que hacer. Por un día, mi equipo podrá arreglárselas solo. Además, espero que para el lunes me encuentre mejor.

–¿Por qué no puedes ir a la obra?

Ana cerró los ojos mientras se limpiaba las húmedas mejillas.

–Porque él es el arquitecto del proyecto. Se pasa por la obra al menos una vez al día.

–Oh, Anastasia…

El dulce tono de su madre le desgarró el corazón. Incluso ella advertía la gravedad de la situación. Aunque, por supuesto, habría debido ser la primera en notarlo, en reconocerlo. Había llevado una vida que en realidad había sido un infierno. Pero ahora se había liberado. Ambas se habían liberado, y ella lo había hecho gracias a Zach.

Otro desgarrador sollozo le subió por la garganta. Al parecer, ni siquiera las consoladoras palabras de su madre y su reconfortante presencia parecían recomponer su mundo resquebrajado, destruido. Tenía que salir cuanto antes de aquella situación. De ninguna manera debería demostrar el más mínimo gesto de tristeza cuando volviera a la obra.

–Detesto ser tan débil –murmuró contra la larga falda plisada de su madre–. Odio pensar que he dejado que alguien me hiciera esto, cuando sabía desde un principio cómo terminaría. Sí, sabía lo que pasaría al final, pero era como si no me importara. En lo más profundo de mi alma, estaba convencida de que Zach me amaría, de que yo sería la mujer de su vida. Es tan estúpido… La única vez que me he sentido tentada de entablar una relación, y ha tenido que ser con alguien como él.

–Lo amas –las manos de su madre se detuvieron en su pelo, cesando en sus caricias.

–No quiero amarlo.

–Por desgracia, no escogemos a quien amamos –suspiró–. Equivocados o no, a veces nuestros corazones y nuestras mentes no se comunican lo bien que debieran.

Ana se sentó en la cama, volvió a enjugarse las lágrimas y se sorbió la nariz.

–Siento haberte recibido en este estado. Tú ya tienes bastante con tus propios problemas.

Su madre sonrió mientras le tomaba las manos.

–Ahora mismo mi vida no importa. Nunca estaré demasiado ocupada para ti.

Ana contempló la piel cremosa de su madre, las leves arrugas que tenía alrededor de los ojos y de la boca. Con su larga melena rubia y sus preciosos ojos verdes, Lorraine Clark seguía siendo toda una belleza a sus sesenta años. Ana fue de pronto consciente de lo afortunada que era por tener a su lado a alguien capaz de dejarlo todo para estar con ella.

—¿Qué diablos le pasa a papá? —le preguntó antes de que pudiera evitarlo—. No entiendo cómo no… Perdona. Eso ha sido una grosería.

—No pasa nada. A menudo me he preguntado qué habría pasado si me hubiera comportado de otra manera —una triste sonrisa se dibujó en sus labios mientras contemplaba la bahía por el ventanal—. Él no era el hombre que yo quería que fuera. No tuvimos la relación que yo me había imaginado desde el principio.

—¿Por qué te quedaste con él?

Su madre se volvió para mirarla.

—Miedo a quedarme sola. Llevaba tanto tiempo con él que no sabía arreglármelas sola. Además, cuando eras pequeña, me aterraba no ser capaz de mantenerme económicamente. Por supuesto, en aquel entonces no tenía idea de que había empezado a jugarse todo lo que teníamos.

Ana la abrazó, emocionada.

—Hagamos algo hoy exclusivamente para nosotras, ¿qué te parece si utilizamos el spa del hotel? Necesitamos cuidarnos un poco.

—No podría estar más de acuerdo contigo —sonrió Lorraine—. Y basta ya de hablar de hombres. Hoy toca día de chicas.

Ana podía pasarse el resto del día sin hablar de Zach, aunque eso no significaba desterrarlo de sus pensamientos. Y sin embargo, la única manera que tenía de superar su desengaño era mirar hacia delante. A partir de aquel momento, se concentraría únicamente en su madre y en su trabajo. ¿Qué más necesitaba?

Capítulo Diecinueve

Zach aparcó su Screamin'n Eagle en la obra.

Dos semanas habían pasado ya desde la última vez que había hablado a solas con Ana. Cada vez que había aparecido por la obra, ella había estado en algún lugar del interior del edificio y había sido su capataz quien le había puesto al tanto de la marcha de los trabajos. Se negaba a devolverle las llamadas, ignoraba sus mensajes de texto.

Ana se estaba comportando como si no hubiera sucedido nada entre ellos, como si sus vidas no hubieran quedado alteradas. Porque ella le había cambiado la vida. No sabía exactamente cuándo había empezado a hacerlo, pero lo había hecho. Hervía de furia por dentro. ¿Acaso no le había dicho Ana que lo amaba? Entonces no podía desentenderse tan fácilmente de su persona. A no ser que no hubiera sido sincera. Pero Zach sabía que ella nunca le habría mentido.

Quería que Ana le escuchase. Quería hacerle comprender que Melanie ya no formaba parte de su vida. Que había terminado con ella para siempre. Solo había necesitado ver a las dos juntas para asumir y aceptar lo que había sabido desde un principio. Llamó a la puerta del remolque, pero no esperó a que ella abriera o respondiera. Entró directamente… y se quedó paralizado.

Ana se hallaba en su escritorio, y una mujer madura, muy hermosa, estaba sentada frente a ella. Las dos, que al parecer habían estado comiendo en agradable compañía, se quedaron igualmente sorprendidas cuando lo vieron entrar.

–No quería interrumpir –dijo, cerrando la puerta a su espalda–. Ana, necesito hablar contigo.

Ana dejó el tenedor sobre su plato de ensalada y se levantó.

–Ahora mismo estoy comiendo con mi madre, Zach. ¿Se trata de un asunto de trabajo?

Zach desvió la mirada hacia la otra mujer. Dios, ¿aquella mujer era la madre de Ana? Obviamente se conservaba muy bien.

–Soy Zach Marcum –le tendió la mano–. Ya veo de quién ha sacado Ana su belleza…

La mujer se la estrechó, sonriente.

–Ya me dijo mi hija que eras un hombre encantador… Lorraine Clark.

Zach le retuvo la mano al tiempo que miraba a Ana arqueando una ceja.

–Ella le ha hablado de mí….

–Solo a manera de advertencia –repuso Ana, muy seria–. ¿Qué es lo que necesitas?

Zach hundió las manos en los bolsillos de sus tejanos.

–Lo mismo que llevo semanas necesitando. Hablar contigo a solas.

–Seguro que tú precisamente sabrás lo que significa que te den calabazas, Zach. ¿No es así como funciona la cosa? Vuelve con Melanie o con quien quieras. No me interesas.

Zach pensó que, si a ella no le importaba que su madre escuchara su conversación, a él tampoco.

–Yo no estoy interesado en Melanie. Te quiero a ti.

Ana se lo quedó mirando fijamente antes de bajar la

147

vista a su escritorio, pero a Zach no le pasó desapercibido el brillo de lágrimas de sus ojos. O la manera que tuvo de parpadear rápidamente para disimular su emoción.

–Bueno, pues resulta que no siempre podemos tener lo que queremos –su tono parecía haberse suavizado un tanto. Recogió los restos de ensalada y los arrojó a la basura–. Y ahora, si no tienes nada más que decirme, me gustaría terminar de hablar con mi madre.

Zach asintió, negándose a pedirle perdón de rodillas. Había sido él quien había causado aquel desastre, y ahora tendría que vivir con ello.

–Ha sido un placer conocerla –regaló una sonrisa a Lorraine, aunque se moría de ganas de ponerse a gritar o a lanzar cosas, lo que fuera con tal de que Ana lo escuchara–. Necesito hablar con el capataz antes de marcharme. Con permiso...

Abandonó la oficina sin mirar atrás. Si Ana había terminado realmente con él, entonces lo mejor que podía hacer era marcharse y dejarla en paz. Pero todavía no podía creer que esa fuera la situación, porque ella se había mostrado incapaz de mirarlo a los ojos...

Montó en su moto. No iba a hablar con el capataz: tenía algo mucho más importante que hacer. Un plan estaba cobrando forma en su mente. Un plan del que dependía su futuro con Ana. Por una vez en su vida, estaba anteponiendo su vida personal a su trabajo. Y anteponiendo una mujer a su propia persona. No conocía otra palabra que explicara ese comportamiento: tenía que ser amor.

***

Ana se enfrentaba a la perspectiva de un fin de semana sin Zach. Había planeado pasar un fantástico día en la playa con su madre, no haciendo otra cosa que tomar el sol y leer un poco. Ya ni se acordaba de la última vez que había hecho algo así.

Mientras su madre se cambiaba en el dormitorio de la suite, Ana guardó varias botellas de agua, un libro y una toalla en su bolsa playera. El día del pasado fin de semana que habían pasado juntas en el spa había sido fantástico, pero Ana necesitaba otro más de relajación. Sobre todo después de la conversación que había tenido con Zach.

El dolor que parecía haberse instalado de manera permanente en su pecho echaba raíces cada día. Por la manera que Zach había tenido de escucharla, de aconsejarla cuando ella le había hablado de su padre y de su infancia, de hacerle sonreír y reír a carcajadas, había estado convencida de que la quería. O de que, si no la amaba, la apreciaba y se preocupaba por ella. Le había comprado un perro, una mascota… ¿Y acaso no había dicho su ex que en su casa siempre había tenido prohibidas las mascotas?

–Lista.

El alegre tono de su madre la sacó de sus dolorosas reflexiones. Lorraine salió del dormitorio vestida con un bañador rojo de una pieza y un pareo negro a la cintura.

–Recojo mi bolso y nos vamos.

Justo en aquel momento llamaron a la puerta.

–Ya abro yo –dijo Ana.

Atravesó el salón y abrió la puerta. Era Zach. Con el cachorro en los brazos.

–Jake te echaba de menos –le dijo mientras se lo entregaba.

Ana estrechó al animalito contra su pecho, luchando contra el nudo de emoción que le atenazaba la garganta.

–Gracias. Iba a salir con mamá. Me lo llevaré con nosotras.

Zach hundió las manos en los bolsillos, apoyado en el marco de la puerta.

–Esperaba que vinieras conmigo… Tengo algo que enseñarte.

Ana no quería estar tan cerca de él, y menos aún acompañarlo a alguna parte. El limpio y seductor aroma al que tanto se había acostumbrado parecía envolverla. La sensual sombra de su barba parecía algo más negra de lo usual. Tenía los ojos levemente hinchados, como si no hubiera dormido, y el pelo despeinado.

–No creo que sea una buena idea.

–Pues yo creo que es una idea estupenda –intervino Lorraine, apareciendo tras ella–. Ve con él, Ana. Ya saldremos a la playa el siguiente fin de semana que tengas libre.

–¿Y tú qué harás?

–No te preocupes por mí –sonrió–. Anda, vete.

Por mucho que detestara admitirlo, Ana sentía curiosidad por ver lo que él quería enseñarle. Y, para ser sincera, sabía que necesitaban hablar. No podían dejar las cosas así, por muy segura que ella estuviera de su desenlace. Salir por aquella puerta con Zach le produciría aún más dolor, pero después de todo lo que ella le había dado, se merecía la oportunidad de hablar con él y de explicarle exactamente lo que sentía.

–De acuerdo –se volvió hacia Zach–. Recojo mi bolso.

–No necesitarás nada –le aseguró–. Solo a Jake.

Vacilante, decidió recoger solamente las llaves, que se guardó en un bolsillo del pantalón corto. Besó a su madre y salió con Zach. Un denso silencio los acompañó durante todo el recorrido por el pasillo y el ascensor, hasta que subieron al todoterreno.

Pensó que evidentemente no estaba de humor para hablar. Por el momento, se resignó. Sabía que al final tendrían que hacerlo, pero supuso que podría esperar a que llegaran a su destino final, que no fue otro que su casa.

Nada más aparcar en el sendero de entrada, bajó del vehículo y se apresuró a ayudarla. Sosteniendo a Jake, Ana lo siguió al interior de la mansión.

–Vamos a mi despacho.

Dejó al perrito en el suelo y entró en la gran habitación. No pudo menos que admirar los altísimos ventanales que daban al bien cuidado jardín. Una vista muy inspiradora para cualquiera que trabajara en el enorme escritorio de caoba. Fue ese escritorio el que llamó precisamente su atención. O más bien los planos que estaban extendidos sobre el mismo.

–Antes de que eches un vistazo a eso, necesito que sepas una cosa.

Ana se arriesgó a desviar la mirada de los planos para clavarla en sus ojos oscuros.

–¿Qué?

–Tu padre no volverá a darte problemas. He saldado todas sus deudas y él ha firmado un documento legal por el cual se compromete a no volver a ponerse en contacto ni contigo ni con tu madre nunca más. Ni personalmente, ni a través de cualquier otra forma de comunicación.

Ana se había quedado sin aliento. Un músculo latía en la mandíbula de Zach mientras bajaba la mirada al escritorio.

–No quiero secretos entre nosotros.

Soltando una burlona carcajada, Ana se cruzó de brazos.

–Es un poco tarde para eso, ¿no te parece?

–Mira estos planos. Estoy buscando una empresa para que levante este edificio.

–Zach, una vez que terminemos el centro turístico, mi compañía se irá a otra parte –tragó saliva–. Tenemos un edificio de oficinas de seis plantas que construir en Dallas. Además, no creo que sea una buena idea que sigamos trabajando juntos. Terminemos de una vez con estos dos últimos meses que nos faltan y que siga después cada uno su camino.

–¿Te importaría mirar los planos, por favor? –le suplicó.

Así lo hizo. No tardó mucho tiempo en darse cuenta de que no se trataba de un proyecto comercial.

–Esto es una casa. Yo no suelo construir viviendas –estudió los impresionantes planos, casi salivando de envidia por el afortunado propietario–. ¿Quién ha encargado esto? ¿Victor?

–Yo.

Alzó la mirada hacia él.

–¿Tú?

¿No le bastaba con haberle hecho sufrir, que todavía quería regodearse ahondando en su herida? Ahora esperaba que ella le construyera la casa en la que pretendía volver a residir con su exmujer. Sí, debería haber hecho caso a su intuición y haberse negado a acompañarlo. En aquel momento habría podido estar tranquilamente en la playa con su madre y…

En lugar de eso estaba allí, sufriendo. ¿Estaría Melanie en alguna parte de la casa? ¿Todavía tendría en la cara aquella sonrisa que tanto odiaba? Miró hacia la puerta, medio esperando verla aparecer.

–¿Sabe Melanie que me estás pidiendo que le construya la casa?

Zach rodeó el escritorio y se detuvo muy cerca de ella, apenas a unos centímetros. Ana tuvo que echar la cabeza hacia atrás para mirarlo a los ojos.

–No vas a construir una casa para Melanie. Vas a construir una casa para mí… y para ti.

Esperanza, dolor, tensión, todas esas emociones la asaltaron a la vez, de manera que no pudo seguir mirándolo a los ojos ni por un segundo. Se volvió y cruzó la habitación para sentarse en el cómodo sofá de piel. Por mucho que quisiera creer en sus palabras, no podía mirarlo, no podía dejarse arrastrar de nuevo por las oscuras profundidades de sus ojos.

–No. No. Esto no puede suceder, Zach.

–¿Qué es lo que no puede suceder?

Ana se apartó los rizos de la cara y lo miró.

–Lo que seas que hayas planeado. No has dejado a tu ex, eso es obvio. Y me parece bien. Cuando me enredé contigo, sabía que no querías una relación estable. Parte de todo este desastre es culpa mía pero, por favor, no me hagas creer en algo que no puedes darme.

Zach se agachó para tomarle las manos entre las suyas.

–Tienes razón. Cuando nos conocimos, yo no estaba en posición, ni siquiera quería hacerlo, de relacionarme con nadie. Yo aún estaba colgado de Melanie, aunque me negaba a admitirlo.

Escuchar aquellas palabras de sus labios, saber que eran sinceras, no logró sin embargo atenuar el nudo de acero que seguía atenazándole el pecho. Todavía logró apretarlo aún más.

–Pero tú lo cambiaste todo –continuó él–. Yo nunca quise tener otra relación, pero no puedo negar lo que siento. No puedo renunciar a ti.

Ana se lo quedó mirando fijamente a los ojos, reconociendo en ellos el brillo de las lágrimas.

–¿Cómo puedo creerte? ¿Cómo puedo saber que no me quieres solo porque me habías perdido? ¿Y si decidieras dejarme el mes que viene? Tú mismo has admitido que siempre estás buscando algo mejor… –mientras lo miraba, la esperanza que había nacido en su pecho cuando vio los planos de la casa iba creciendo poco a poco–. ¿Qué me dices de Melanie? Tú la amas.

–No –se sentó a su lado, en el sofá–. Creía que la amaba, y quizá la amaba de algún modo, pero lo que fuera que sintiera por ella no es absolutamente nada comparado con lo que siento por ti.

Ana se acercó a él: quería mirarlo a los ojos cuando le hiciera la siguiente pregunta. Quería acechar en ellos la posible duda, la mentira.

–¿Qué es lo que sientes por mí?

–Amor –una amplia sonrisa le iluminó el rostro–. Admito que, la primera vez que me di cuenta de que te amaba, me negué a mí mismo. No quería volver a sufrir.

Ana ya no intentó contener las lágrimas:

–¿Sufrir, dices? Tú me destrozaste cuando descubrí que habías estado comunicándote con Melanie… Pero saber que me amas, Dios mío, Zach, eso es más de lo que pensé que jamás sentirías por mí. Quiero creer…

Zach le acunó entonces el rostro entre las manos y se apoderó de sus labios en un violento, apasionado beso. Apasionado, sí. Ana lo sintió en cada fibra de su ser: la amaba. Le echó los brazos al cuello, incapaz de controlar sus sentimientos por un momento más.

–Créeme –murmuró él contra su boca, y apoyó la frente contra la suya–. Ana, cree en todo lo que te estoy diciendo. No dudes de mi amor por ti. Jamás.

No pudo hablar debido a la emoción, de modo que asintió con la cabeza.

–¿Eso es un sí a la pregunta de si construirás mi casa?

–Sí… sí –se sorbió la nariz–. Sabía que en el fondo me amabas, Zach. Lo que no sabía era si llegarías alguna vez a descubrirlo por ti mismo. Has sido tan paciente, tan comprensivo conmigo… Sé que lo que he encontrado en ti me convertirá en la mujer más feliz del mundo.

Zach se apartó, enjugándole delicadamente las lágrimas con las yemas de los pulgares.

–Tengo otra condición.

–¿Cuál?

–Solo nos quedan un par de meses con el centro turístico de Victor y luego mandarás a tu equipo a Dallas, pero antes quiero que te quedes un tiempo aquí.

–Pero tendré que comenzar las nuevas obras, yo…

–Cásate conmigo –le pidió con una sonrisa–. Dime que te quedarás en mi vida para siempre.

Estupefacta, eufórica, nerviosa… Ana no sabía cómo nombrar todos los sentimientos que se arremolinaron en su mente, en su corazón.

–¿Estás seguro? –inquirió–. Ya te casaste antes y juraste que no volverías a hacerlo.

La besó de nuevo. Abrazándola de la cintura, la estrechó con fuerza contra sí.

–Por supuesto –la tumbó en el sofá y empezó a desabrocharle el vestido–. Y tengo otra sorpresa para ti…

–Ya la he visto –rio, pícara.

–No es esa… Te he comprado una moto. Está en el garaje.

–¿Una moto?

–Sí. Quiero que montes conmigo.

Ana reflexionó por un segundo y asintió con la cabeza.

–Bueno, supongo que dado que me has iniciado en tantas cosas, también podrías enseñarme a montar. Espero que esta vez podamos al menos arrancarla.

Zach no dejó de sonreír, pero su mirada se tornó seria mientras recorría su rostro.

–Tú también me has iniciado a mí. El amor nunca tuvo ningún significado en mi vida hasta que te conocí, Anastasia Clark.

Y Ana supo que el viaje en el que estaba a punto de embarcarse con Zach no era más que el comienzo de una larga serie de iniciaciones.

Deseo

PASIÓN DESBORDANTE

KATHIE DeNOSKY

Chance Lassiter prefería estar a lomos de un caballo que delante de una cámara. Pero la experta en relaciones públicas Felicity Sinclair creía que era el portavoz perfecto para recuperar la buena imagen de los Lassiter. El próspero ranchero haría cualquier cosa por su familia, de modo que invitó a la sexy ejecutiva a su rancho para ponerla a prueba. Muy pronto, sin embargo, fue él quien se vio examinado… Había llegado el momento de enseñarle a Felicity de qué estaba hecho un auténtico vaquero.

¿Podría soportar tener la tentación en casa?

Acepte 2 de nuestras mejores novelas de amor GRATIS

¡Y reciba un regalo sorpresa!

Bianca

Era una presa inocente…

Contratada para catalogar la biblioteca de la casa Sullivan, la catedrática de Historia Elizabeth Brown está en su elemento. Los libros son lo suyo, los hombres… bueno, en ese asunto tiene menos experiencia.

Pero desde luego no está preparada para la inesperada llegada del dueño de la casa, Rogan Sullivan.

Rogan es un hombre oscuro, peligroso y diabólicamente sexy; exactamente el tipo de hombre del que debería alejarse. Pero Rogan tarda poco tiempo en demostrarle a la dulce e ingenua Elizabeth las razones por las que debería dejarse llevar…

UN HOMBRE OSCURO Y PELIGROSO
CAROLE MORTIMER

Amor sin tregua
Kathie DeNosky

Cuando Jessica Farrell apareció en el rancho de Nate Rafferty embarazada de cinco meses, él no dudó en declararse. Pero la guapa enfermera no se fiaba, temía que el rico vaquero siguiera siendo de los que tomaban lo que querían y luego se marchaban. Nate la tentó con un mes de prueba bajo el mismo techo, y enseguida empezaron a pasar largos días y apasionadas noches juntos. Pero ¿podría darle Nate a Jessie el amor que realmente buscaba? Había empezado la cuenta atrás...

Un vaquero salvaje y un bebé por sorpresa...

¡YA EN TU PUNTO DE VENTA!